ISBN : 978-3-95858-234-7
Première édition - Juin 2021

NATS EDITIONS

Sonia Bessone

L'ÎLE

Roman

Année 2013

I

L'île

Île de Pâques

Un avion venait d'atterrir sur la piste du petit aéroport de l'île, et, peu à peu, il déversait ses passagers sur le tarmac. Ceux-ci, épuisés par leur périple et les longues heures d'attente avant l'embarquement sur un de ces vols peu fréquents, arpentaient le bitume en regardant le paysage autour d'eux. De l'herbe rase, quelques rares cocotiers et hibiscus et, plus loin, l'océan.

Puis, ils s'engouffrèrent dans un sas avant de regagner une salle de débarquement hautement climatisée. Quelques personnes y guettaient les arrivants, scrutant attentivement les visages.

Andrew était là. Il patientait sagement, et ses traits s'éclairèrent d'un sourire lorsqu'il vit William franchir la porte. Il lui adressa un large signe de la main, et le voyageur, l'apercevant, se sentit immédiatement soulagé. Il se dirigea vers lui avec empressement :

— Andy… putain, il faut vraiment le vouloir pour venir te trouver !

Andrew éclata d'un rire joyeux, de ce rire qui lui était propre, et lui rétorqua chaleureusement :

— Content de te voir, moi aussi.

William sourit.

— Excuse-moi… Oui, je suis content de te voir. Tu n'as pas vraiment changé.

Cela faisait un peu plus d'un an qu'Andrew avait tout plaqué à Los Angeles et s'était réfugié au bout du monde. Il avait fui, lassé de la vie citadine, des pressions financières et médiatiques. Là-bas, les deux amis travaillaient dans le milieu de la production hollywoodienne, mais Andrew s'était vite rendu compte que cette vie ne lui convenait pas. Les paparazzis, l'argent facile, les soirées arrosées, les fans en furie… Il avait ressenti le besoin de s'en éloigner avant que cela ne le rende dingue. Il avait beaucoup voyagé et presque effectué le tour du monde. Seul. Cette échappée en solitaire lui avait permis de se recentrer sur ce qu'il y avait de plus important dans l'existence, de se délester du superflu et de s'évader loin du superficiel. Il avait réalisé qu'il n'existait pas de plus belles richesses que celles de la simplicité et de l'humilité. Il avait enfin fini par poser ses bagages sur l'Île de Pâques, un endroit qui, pour lui, était béni des dieux.

William le détaillait des pieds à la tête : les cheveux courts, le regard franc, vêtu simplement d'un bermuda et d'un tee-shirt, il faisait couleur locale. Andrew répliqua :

— Toi, par contre, tu t'es fait des cheveux blancs.

— Ça fait un an que je me tape ton boulot, alors je ne critiquerais pas mes cheveux blancs à ta place !

Une lueur amusée naquit dans les pupilles de William. Andrew retrouvait son ami, son comparse, et cela lui réchauffait le cœur. Il l'attira à lui dans une brève étreinte et lança :

— Allez, viens ! Je t'emmène chez moi.

Andrew soulagea son invité d'un sac qu'il jeta sur son épaule, et, ensemble, ils sortirent de l'aéroport.

La pluie s'était mise à tomber. À travers les gouttes qui dégoulinaient sur le pare-brise, William dévorait le paysage des yeux : de longues étendues herbeuses secouées par le vent, qui se terminaient en falaises abruptes, plongeant dans l'océan. Derrière eux, l'ombre menaçante d'un volcan se dressait.

— Ça te plaît ? demanda Andrew, quittant un instant la route du regard.

— C'est pas très accueillant. Il flotte, il y a du vent, des cailloux partout…

— Attends que je te fasse visiter ! Tu vas adorer ! Il y a toute une histoire, un mystère qui se dégage de cette terre. C'est magique !

— Si tu le dis. Mais franchement, pourquoi être venu au bout du monde ?

— Peut-être pour qu'on ne vienne pas m'y chercher.

Il avait lâché ça, grave. Et à son ton, William sentit que ce n'était pas encore le moment de lui parler de la véritable raison de sa présence. Cela attendrait. D'ailleurs, après ce voyage aux multiples étapes, il ne songeait qu'à se reposer et à passer un peu de temps avec son ami, perdu de vue depuis si longtemps.

Ils étaient entrés en courant dans une maison de pierres située en plein milieu d'une lande sauvage et s'y ébrouèrent comme de jeunes chiots.

— Quel temps de merde ! s'exclama William. Où est le soleil californien ?

— De l'autre côté du globe, répliqua Andrew, en rallumant le chauffage.

William regarda autour de lui. C'était une petite bicoque, rustique. Les meubles étaient simples et fonctionnels, en matériaux bruts, comme polis à la main. Il avait l'impression de se retrouver dans un repaire d'ermites des montagnes.

— Rassure-moi, tu as l'électricité, au moins ?

Andrew répondit du tac au tac :

— Et même la télé ! Par contre, pour tes besoins, il faudra aller les faire dehors.

L'ombre d'un instant, William se demanda s'il plaisantait, mais, connaissant trop bien son ami, il sut qu'il se moquait.

— Il y a du foutage de gueule, là !

Andrew rit, content de lui.

— Mais non ! Mais tu devrais voir ta tête !

Il lui lança une serviette pour qu'il se sèche.

— Sérieux, tu vis vraiment ici ? s'étonna le citadin, en s'essuyant le visage.

— Non, c'est ma résidence d'hiver. Habituellement, je me plante une tente dans la prairie, là, devant.

— Je vois que tu n'as pas perdu ton sens de l'humour, reconnut William, amusé.

— Il ne manquerait plus que ça ! Tu veux un café ? Tu sais, on en a, ici.

— Continue de te foutre de moi, tiens ! Oui, je veux bien. Ça me réveillera.

— Tu sais, on a tout. Des supermarchés, des hôtels, des routes… Tu croyais quoi ? Tu m'imaginais en train de traire des lamas pour avoir du lait ?

— Je ne sais pas ce que j'imaginais. Mais avoue quand même…

— Quoi ?

— Ben, que ça n'a rien à voir avec Los Angeles !

Andrew pencha légèrement la tête sur le côté alors qu'il sortait des tasses d'un buffet.

— Le jour où ça ressemblera à L.A., tu me verras partir en courant, affirma-t-il.

— Et je vais galérer pour retrouver ta trace ! Mais ça va, on a de la marge avant que ça arrive.

Andrew sourit et lui fit signe de venir.

— Viens voir, ça va t'épater !

William approcha, curieux.

— Quoi ?

Il lui montra un robinet.

— Regarde ! Oh ! De l'eau courante ! C'est magique, hein ?

— Tu es con, toi !

— Et attends, encore plus fort !

Il ouvrit une porte et présenta :

— La salle de bains !

William accusait la moquerie, mais était quand même rassuré. La visite de la demeure se poursuivit.

— La chambre où tu vas dormir, mais je te préviens que, si tu veux une couverture, il faudra que tu te la tricotes tout seul. Tu trouveras de la laine de lama dans le tiroir, là.

— Bon, c'est pas un peu fini tes vannes à deux balles ?

Andrew leva les bras en signe d'excuse.

— OK, j'arrête de te chambrer. Mais il y avait si longtemps !

Ils regagnèrent la petite pièce à vivre, déjà bien réchauffée. Andrew servit le café, et ils s'installèrent à la table.

— Alors, quels sont tes projets ? demanda William en caressant la pierre brute, surpris par ce contact rugueux qui le changeait de la douceur du marbre.

— Te faire visiter l'île…

— Non. Tes projets à toi.

Andrew baissa les yeux en souriant et se perdit sur l'étude de la fumée qui se dégageait de son breuvage.

— Des projets ? Ça fait longtemps que je n'en ai plus.

— Comment arrives-tu à vivre ainsi ? Sans but…

— Ça fait un bien fou, tu ne peux pas savoir.

— Ça ne pourra pas durer éternellement, tu t'en rends compte ? remarqua William.

L'îlien haussa les épaules.

— Ça durera ce que ça durera ! Je ne pense pas à demain. Je suis en paix.

William s'était levé et regardait par la fenêtre. La pluie tombait dru, cognait les carreaux et arrosait la lande environnante. Devant ce spectacle, il s'égara dans dix mille pensées. Partagé entre la joie de retrouver son vieux pote et l'angoisse de ne pas trouver les bons mots. Écartelé entre l'admiration face au courage d'Andrew, d'avoir ainsi tout plaqué et s'être réinventé une vie loin de tout et de tous, et la conviction que lui n'en serait jamais capable. Se résoudre à vivre dans une bicoque avec trois, quatre meubles et le silence, très peu pour lui. Et pourtant… Il chassa vite tout ce qui lui encombrait l'esprit et se retourna avant de lancer :

— Pourquoi a-t-il fallu que tu viennes t'enterrer dans le trou du cul du monde ?

Andrew leva un doigt.

— Écoute…

William tendit l'oreille, mais ne perçut rien, à part le vent qui sifflait à travers les interstices du toit.

— Quoi, la pluie ? Le vent ? Je n'entends rien.

— Justement. Rien. On n'entend rien. Pas de sirène de police, pas de bruit d'autoroute, pas de hurlement hystérique, pas de crépitement d'appareil photo, rien… seulement les bruits de la nature. Et ça, c'est inestimable.

William retourna à son étude du paysage qui se noyait sous la pluie. Pour fuir son trouble, pour cacher la véritable raison de sa venue, pour… pas encore. Andrew n'était pas encore prêt. Préoccupé, il ne se rendit même pas compte que la buée recouvrait la vitre et lui masquait la vue.

William leva la tête. Un grand moaï se dressait devant lui.

— Alors ? demanda Andrew, fier de présenter les beautés de l'île.

— Impressionnant !

— Tu peux le dire.

— Impressionnant, surprenant et intrigant, continua William.

— On se sent petit, hein ?

— Oui.

Le soleil qui brillait depuis le début de la matinée fut alors caché par un nuage menaçant, puis le vent se réveilla.

— Nooon ! protesta William. Ne me dis pas qu'il va pleuvoir !

Et une goutte s'écrasa sur la paume de sa main.

— Ça fait partie du charme de Rapa Nui, l'informa l'îlien.

— Je t'en foutrais, du charme ! Ce serait pas mieux si les moaïs étaient plantés sous des cocotiers, avec un soleil de plomb ?

— Non, ce ne serait pas mieux. Il y aurait trop de touristes. Là, au moins, personne ne s'attarde.

Pour échapper à l'averse, ils se réfugièrent dans la voiture, où William observa son ami avec insistance.

— Carrément, alors ! Tu en es venu à haïr le monde à ce point ? Ça ne te manque pas, la compagnie de tes amis, les repas au resto, les nuits de folie ?

— Non, ça ne me manque pas. Des amis, il y en a tellement peu qui sont sincères, et les nuits de folie… la nuit, ici, je dors.

— Tu m'étonnes ! Il n'y a rien d'autre à faire, de toute manière. Mais moi…

— Toi ? Tu es là. Je ne t'ai pas oublié.

Ils avaient repris le chemin de la maison sur la route déjà inondée. Les pneus faisaient gicler des litres d'eau sur le bas-côté. Le ciel était devenu sombre, lourd. La pluie arrosait les prairies, les chevaux qui paissaient, les troupeaux de lamas ; tout le paysage était noyé, balayé et appesanti par ce climat instable qui contaminait l'humeur de William. Le reste du trajet se poursuivit dans un silence seulement troublé par le ballet des essuie-glaces.

Enfin à l'abri dans la maison d'Andrew, William jugea bon d'avouer :

— Je ne suis pas venu seulement pour te voir, tu sais ?

Andrew passa une main dans ses cheveux mouillés.

— Ah bon ? Tu es venu pourquoi, alors ? Tu comptes te lancer dans un élevage de lamas ?

— Non. Assieds-toi, invita le Californien.

Andrew fronça les sourcils, légèrement inquiet de ce ton subitement devenu grave. Sans autre formalité, William lâcha :

— Carter est mort.

— Oh !

William s'était tu. Pour laisser son ami digérer l'information, ou peut-être pour se donner du courage avant de poursuivre. Aucune expression ne passa sur le visage de l'exilé. William scrutait le moindre froncement de sourcils, le moindre tremblement de lèvre, la moindre ombre dans les yeux. Mais rien. Andrew restait impassible. Son exil lui avait-il retiré toute sensibilité ? Finalement, il ébaucha un léger haussement d'épaules :

— Ce n'est pas une bonne nouvelle, c'est sûr. Mais que veux-tu que j'y fasse ? On ne s'appréciait pas vraiment.

William se lança :

— Il y a beaucoup de discussions en cours. Notamment sur la personne qui va prendre sa suite.

Andrew pointa son doigt vers lui :

— Je te vois venir, là…

— Ton nom a été cité et…

— Non, non, et mille fois non ! Ne comptez pas sur moi. Je ne prendrai pas la direction de la boîte.

— C'est toi le plus qualifié. Tu faisais du bon boulot.

— Je faisais. Tu le dis toi-même, je FAISAIS !

— Mais il n'y a pas que ça. Il y a pas mal de papiers à signer.

— Je te donne procuration, jeta Andrew sans hésiter.

William secoua la tête.

— Non, il faudrait que tu reviennes !

— Je ne bougerai pas mes fesses d'ici ! Los Angeles, c'est fini pour moi. Je n'y mettrai plus les pieds.

— Andy, tu ne veux pas reprendre la direction de la société, je te comprends. Mais il faut que tu rentres. Une semaine, deux tout au plus ! Mais on a besoin de ta présence là-bas.

Le regard d'Andrew se durcit.

— En fait, si tu es venu, c'était pour me ramener, hein ? Tu n'es même pas venu par amitié.

— Si, bien sûr. On est potes. Mais…

— Mais tu ne te serais jamais traîné au bout du monde, si tu n'avais pas la mission de me rapatrier.

— Andy, notre amitié n'a rien à voir là-dedans. Tu rentres avec moi, tu signes les documents et ensuite tu retournes t'enterrer dans ton champ de cailloux, si ça te chante !

— En fait, tu es comme les autres. Je te croyais le plus sincère, mais je me suis trompé.

Andrew était déçu. William prit sur lui.

— Pense de moi ce que tu veux ! Mais après toutes ces années… Reviens, Andy. On est dans la merde si tu ne rentres pas. La moitié de la boîte va perdre son boulot. Toi, tu t'en fous peut-être, mais eux… Tu n'as pas grand-chose à faire.

Andrew réfléchissait, il prévint :

— Juste des papiers ?

— Je te le jure !

— Il est hors de question que je replonge dans ce milieu.

— On ne t'y forcera pas, si tu ne veux pas.

— Personne ne me harcèlera ?

— J'y veillerai…

— Alors, d'accord, je rentre. Mais je repartirai aussitôt. On est bien d'accord ?

— On l'est. Tout ce que tu veux !

— Mais, Will, un coup pareil… je ne te pardonnerai pas.

À son regard, William devina qu'il ne bluffait pas et qu'il lui en voulait, même. Et pourtant, il espérait qu'il aurait l'occasion de lui prouver prochainement son amitié.

L'avion se mit à rouler, prit de la vitesse et décolla. Andrew, assis aux côtés de William, détournait la tête et regardait par le hublot. Il quittait son île. Et regagnait les États-Unis. Il savait que cela arriverait un jour, mais avait prié pour que cela soit le plus tard possible. Il voyait s'éloigner la paix, le calme et cette vie simple qu'il avait menée ces derniers temps. Il ne s'attarderait pas à Los Angeles. Personne ne réussirait à le retenir. Peut-être même reviendrait-il chez lui plus vite que prévu ?

— Alors, ça fait quoi de regagner la civilisation ?

Andrew adressa un bref coup d'œil à son voisin. Cela lui filait le cafard de retourner volontairement se jeter dans la fosse aux lions !

II
Les charmes de la vie californienne

Los Angeles

William avait souri en voyant le soleil briller. Andrew, lui, s'était renfrogné un peu plus. Il ne parlait plus que par monosyllabes et avait à peine salué ceux venus les chercher à l'aéroport. L'exilé y mettrait de la mauvaise volonté et il désirait le faire savoir. Pourtant, retrouver sa maison lui avait procuré un frisson de plaisir. Cette villa à la façade d'un blanc immaculé, bordée de yuccas et de séquoias séculaires — dont les cimes se perdaient dans l'azur du ciel —, lui avait manqué, et il fallait avouer que son confort n'était pas négligeable. D'ailleurs, il en profita immédiatement. Il se rua sous la douche et la laissa couler sur lui avec un étrange sentiment de bien-être. L'eau chaude sur son île restait une denrée précieuse ; ici, il pouvait en disposer à profusion. Il oublia une seconde ses préoccupations écologiques et en profita tellement que ses instincts reprirent le dessus : il se mit à fredonner. La chansonnette se transforma vite en concert, qu'il accompagna d'un solo de guitare fictive. Il s'en donnait à cœur joie et s'apprêtait à concurrencer les plus grandes idoles du rock lorsque la sonnette retentit, le coupant dans son refrain et anéantissant toute sa bonne humeur. Ça commençait ! Cela ne faisait pas trois heures qu'il était de retour, et on venait déjà le déranger. Il préféra ignorer l'intrusion au milieu de son show et poursuivit plus sagement sa rengaine. Mais le carillon résonna à nouveau, puis encore, et encore, pour ne plus cesser, comme si quelqu'un maintenait son doigt dessus. Énervé, il sortit de la douche, enfila un peignoir et, mouillant le sol, ouvrit en s'écriant :

— C'est pas un peu fini, là !

Il tomba nez à nez avec une femme, la trentaine. Une inconnue qui, sans autre formalité, l'interrogea en fronçant les sourcils :

— Vous étiez sous la douche ?

— Non, je faisais un barbecue ! répliqua Andrew, de la colère dans la voix. Qu'est-ce que vous voulez ?

La visiteuse répondit sur le même ton :

— Moi, oh rien ! Je m'amuse à tester les sonnettes des gens. C'est passionnant ! C'est à vous, la voiture, là ? demanda-t-elle en désignant la Ford garée dans l'allée.

— Oui, c'est à moi.

— Et il n'y a rien qui vous choque ?

— Non.

— Alors, je vous informe, monsieur qui fait des barbecues, que votre tas de boue m'empêche de rentrer ma voiture.

Andrew vit en effet une Lamborghini flambant neuve garée le long du trottoir. Il se justifia :

— Je l'ai toujours garée comme ça, et ça n'a jamais gêné personne.

— Oui, mais cela fait combien de temps que vous n'habitez plus ici ?

— Deux ans, quelque chose comme ça.

— Et vous ne vous êtes pas dit que les choses pouvaient avoir changé ? Eh bien, moi, ça fait un an et demi, quelque chose comme ça, que j'habite la maison voisine, et, aujourd'hui, ça me gêne ! Alors, vous allez bouger votre bagnole !

— OK, d'accord, je vais la bouger. Tout à l'heure.

— Non ! Pas tout à l'heure, MAINTENANT !

Andrew se considéra en peignoir et répéta d'une voix calme :

— Tout à l'heure.

— Mais c'est quoi, cette attitude ? Vous empiétez sur ma propriété, cette partie de l'allée m'appartient, et vous refusez de bouger votre voiture ! Vous êtes en tort, Monsieur !

Andrew sentit encore son sang bouillir.

— Vous n'allez pas me faire chier pour deux centimètres de l'allée !

— Deux centimètres qui m'empêchent de passer!

— C'est bon, elle est garée, votre foutue bagnole, elle ne risque pas de s'envoler ! Ça attendra !

— Ça attendra quoi ? Je peux savoir ?

— Que j'ai terminé mon barbecue ! lança-t-il en claquant la porte.

Et voilà, c'en était fini de sa tranquillité. Cela n'avait pas traîné. Et pour couronner le tout, il avait hérité d'une voisine !

Après ses retrouvailles avec le confort, les délices de l'électroménager et sa rencontre avec une voisine hystérique, il avait réintégré les locaux de son lieu de travail, repris les ascenseurs, serré des mains et été accueilli comme le Messie. Et cela lui donnait la nausée, tous ces costards-cravates et toutes ces phrases qui sonnaient faux. La situation fut à son comble lorsqu'une femme se jeta à son cou.

— Andy, Dieu soit loué, tu es revenu !

Il ne perçut que les effluves de son parfum, et cela le replongea dans le passé.

— Carol.

— Tu te souviens encore de mon prénom ? Ton séjour aux fins fonds des Andes ne t'a pas rendu amnésique ?

— Non, je n'ai pas oublié ce que tu m'as fait. Et je n'étais pas aux fins fonds des Andes.

— Bah! tous ces pays, c'est pareil ! Et tu n'as pas encore digéré ? Oh, Andy, ce n'était que les affaires. Tu ne vas pas m'en tenir rigueur, quand même ? Alors, tu viens prendre la relève du « vieux » ?

Elle posait la main sur son torse, familière. Peu enclin à autoriser cette proximité, il la retira avec un sourire.

— Si je devais prendre sa relève, la première chose que je ferais, c'est de te virer. Vu ?

Et il s'éloigna, la laissant sur place, bouche bée. Un trop court moment au goût d'Andrew, car elle cria :

— Je crois que tu n'es pas resté assez longtemps dans ton bled paumé ! Ça ne t'a pas adouci le caractère.

Pour lui-même, il confirma :

— Ça, c'est sûr, je n'y suis pas resté assez longtemps.

Lorsque, en fin d'après-midi, après une journée oppressante et interminable, il reprit le chemin de sa maison, son moral frôlait le niveau des abysses. En quelques heures à peine, il avait l'impression d'être tombé en dépression profonde, et les bouchons sur l'autoroute n'améliorèrent pas son humeur ni ne chassèrent ses regrets. Sur son île, il n'existait qu'une route et des sentiers de terre, mais, en dix minutes, il aurait regagné son « chez lui ». Là, lorsqu'il atteignit enfin son domicile, il lui sembla qu'une éternité s'était écoulée. Sur place, il écarquilla les yeux : une Lamborghini stationnait en travers de l'allée. Déjà de mauvais poil, cela rajouta à sa mauvaise humeur. Il se gara le long du trottoir, entre les deux chemins, bouchant ainsi la seule issue, et sonna à la porte de la villa qui jouxtait la sienne. Sa voisine lui ouvrit, et, enfin, il s'attarda à la détailler. Brune, pas très grande, des yeux gris, teintés d'une étincelle moqueuse. Il se contrôla et la salua, affable :

— Bonsoir.

— Bonsoir, répondit-elle. Je peux vous aider ?

Puis son visage s'éclaira, et elle continua :

— Excusez-moi, ainsi habillé, je ne vous avais pas reconnu ! Le peignoir ne vous met pas en valeur, vous savez ?

— Vous pourriez bouger votre voiture ? demanda-t-il calmement, sans relever la provocation.

— Elle vous gêne ? Vous savez, ça fait plus d'un an que je la gare ainsi et ça n'a jamais dérangé personne.

— Écoutez, Mademoiselle, j'ai passé une très mauvaise journée. Je ne suis pas de bonne humeur du tout. Alors, on va faire simple. Vous bougez votre voiture, et je m'engage à respecter vos deux centimètres à la noix.

Elle sembla réfléchir, puis approuva :

— Ça me va.

Andrew était ravi que l'affaire soit réglée aussi vite, mais la jeune femme n'esquissa pas le moindre pas vers son véhicule.

— Alors ? insista-t-il, surpris de son immobilisme.

— Oh, je la bougerai ! Tout à l'heure. Bonne soirée !

Et elle lui claqua la porte au nez. Il ne put s'empêcher de laisser échapper un petit rire nerveux. Après tout, sa journée était couronnée de désillusions, alors un peu plus, un peu moins…

Lorsque, à la nuit tombée, on vint sonner à sa porte, Andrew soupira. Pourquoi ne le laissait-on pas tranquille ? Juste en compagnie d'une bonne bière et d'un vieux western d'une chaîne du câble. Bon gré, mal gré, il se résigna à découvrir qui troublait ainsi sa solitude — et le duel entre le marshal et le voleur de chevaux — et tomba sur William, armé de deux cartons de pizzas.

— Pizza ? Pour me faire pardonner !

Andrew secoua la tête.

— Tu crois que tu vas réussir à te racheter avec de la pizza ?

Il tendit alors deux billets.

— Et deux places pour le match des Lakers.

Andrew sourit.

— Bien tenté.

— Tu me laisses entrer ? quémanda William, avec la mine d'un chien malheureux.

Andrew lui ouvrit en grand.

— Oui, je ne vais pas laisser dehors celui qui était prêt à se tricoter une couverture en poils de lama.

— Sérieux, Andy, ma venue n'était pas intéressée…

— Laisse tomber, entre.

Alors que William franchissait le seuil, des cris retentirent dans la maison voisine. Des éclats de voix, de dispute. William, le regard posé sur le lieu de discorde, s'exclama :

— Ben, c'est pas la joie, à côté !

Andrew haussa les épaules, blasé.

— Le jour où tu rencontreras la voisine, tu ne t'étonneras plus.

Et il referma la porte, faisant abstraction de ce qui se tramait chez ses voisins.

— Ça fait du bien, une bonne pizza pepperoni, conclut Andrew, attablé dans son salon, en s'essuyant les mains.

— Tu vois que la vie californienne a ses charmes.

Amusé par la remarque pleine de sous-entendus de son ami, Andrew stoppa immédiatement son élan :

— C'est pas avec une pizza que tu vas me retenir. Faudra trouver d'autres arguments.

— Le soleil, les filles bronzées, les plages…

— Le monde, les embouteillages, la pollution… compléta Andrew.

— Tu y mets vraiment de la mauvaise volonté !

— Je t'avais prévenu, déclara Andrew, en reprenant une part de pizza.

William adopta alors un ton sérieux.

— Tu ne veux vraiment pas rester ?

Il secoua la tête, négativement.

— Demain, je veux bien me rendre à votre réunion des actionnaires. Je signe quelques contrats pour vous dépanner, je vous traite deux, trois affaires, et je me barre.

— Il y en a beaucoup qui attendent…

— Attendent quoi ?

— Que tu prennes la suite.

— Ils peuvent toujours attendre !

— Tu es vraiment mieux au pays des statues géantes ?

Andrew prit appui sur ses avant-bras et expliqua :

— Là-bas, j'ai la paix, le calme, personne ne me demande de faire ci ou ça, ne me supplie. Ici, depuis que je suis rentré, je me suis tapé des dizaines d'hypocrites, des sourires faux, des kilomètres d'embouteillage et une voisine hystérique. Y'a pas photo. Mes statues géantes, comme tu dis, elles ne me font pas chier.

— Il te faudrait peut-être une femme, suggéra William.

— Je te vois venir. Tu m'as déjà fait le coup.

— Tu es difficile, aussi.

Andrew sourit face aux souvenirs qui s'imposaient à lui.

— Non, mais t'es marrant, toi ! Tu essayes de me caser avec des filles qui sont plus intéressées par mon compte en banque que le reste.

— Ouais, ben, ton compte en banque, il va fondre comme neige au soleil.

— Mais il t'emmerde, mon compte en banque ! Ça me regarde !

— Quand tu en arriveras à tailler des cailloux ou à vendre de la laine de lama sur le bord des routes, tu ne viendras pas te plaindre. Reviens avec nous, trouve-toi une femme et…

— Mais non ! N'insiste pas !

— Tu veux que je te rancarde avec Maddie ?

Andrew ouvrit de gros yeux.

— Maddie ? Tu veux dire Madeline Strickland ? La nymphomane ?

William rétorqua en s'esclaffant :

— Oui. Mais c'est une bombe !

— Une folle furieuse, oui ! Tu peux te la garder.

— Et Ketty ?

— La psychopathe ? Non, franchement, Will, arrête de vouloir me caser. Je me débrouillerai mieux seul. Et comment tu fais pour trouver des cas sociaux pareils ?

William, plein d'autodérision, lança :

— Je ne sais pas… C'est inné !

— Oui, ben, me colle pas tes « découvertes » dans les pattes. Et surtout, arrête ! Arrête de vouloir gérer ma vie professionnelle, et ma vie perso ! Fous-moi la paix, quoi !

— OK, OK, OK… mais un jour, je te retrouverai, t'auras perdu la boule, tu marcheras avec une canne et tu seras le gardien des pierres géantes.

Andrew éclata de rire.

— N'importe quoi. T'es vraiment con !

Des sirènes retentirent alors, des freins crissèrent, et des voitures de police cernèrent la rue. William et Andrew se postèrent à la fenêtre et observèrent le spectacle des officiers qui semblaient prendre d'assaut la maison voisine. Andrew fit remarquer :

— Le genre de choses qui n'arriverait jamais chez moi !

— C'est clair ! Tu veux qu'ils arrêtent qui chez toi ? Un âne ?

Ils virent alors les policiers escorter un homme menotté jusqu'à leurs véhicules.

Le lendemain matin, dans la voiture, aux côtés de William, Andrew desserrait son nœud de cravate. Ça l'étouffait déjà. En arrivant au bureau de la production, il fronça les sourcils.

— C'est quoi ça ?

— Le comité d'accueil, je crains.

Une armée de journalistes et de photographes se massait devant l'entrée. Andrew, déjà oppressé, sentit son cœur se rétracter un peu plus dans sa poitrine ; il ne pourrait y échapper. La pression, l'influence, le chantage le rattrapaient, anéantissaient cet équilibre qu'il pensait acquis et menaçaient de lui déclencher une belle crise de tachycardie. William, ayant remarqué le teint subitement blafard de son ancien binôme, ne réfuta pourtant pas l'évidence.

— Tu t'attendais à quoi ? Ils veulent connaître tes projets pour la boîte.

Après un effort considérable pour déglutir, comme s'il ne digérait pas tout ce qui se passait, Andrew reprit quelques couleurs, calma son rythme cardiaque et afficha un sourire narquois.

— Ils vont pas être déçus !

William lui posa la main sur l'épaule.

— Fais pas le con. Joue le jeu !

Andrew le transperça de son regard, serra les lèvres, mais ne répondit pas. Ils descendirent de la voiture et furent aussitôt assaillis par le crépitement des flashs et les voix des interviewers qui s'entremêlaient, ne laissant parvenir aux oreilles d'Andrew qu'un brouhaha incompréhensif. Le visage fermé, Andrew tenta de se frayer un passage et ne céda pas un pouce de terrain à ces vautours ni ne leur accorda une seule seconde d'attention. D'un pas rapide, il s'engouffra dans l'immeuble, William sur ses traces. Ce dernier souffla :

— Si tu veux passer pour un asocial, tu es sur la bonne voie, je te rassure.

— Alors, c'est parfait, lui glissa Andrew avec un clin d'œil, heureux d'avoir survécu à cette plongée dans le panier de crabes, qui n'avaient pas réussi à lui mordiller ne serait-ce qu'une once d'intégrité.

Le regard d'Andrew se perdait par-delà la fenêtre. Perché au quinzième étage, il voyait les files de voitures qui s'étiraient sur l'avenue, percevait les fumées que dégageaient les pots d'échappement, devinait des gens marcher, courir… et des tours, des tours, des grues… cela lui donnait le vertige.

— Andy, tu es avec nous ?

Il revint à la réalité et ouvrit de grands yeux.

— Oui ?

— Tu as entendu ?

Il prit une profonde inspiration et avoua :

— À dire vrai, non. Je n'ai pas écouté.

Carol se manifesta avec ironie :

— Alors, peut-être que la somme d'un million cinq cent mille dollars te débouchera les oreilles ?

Andrew se leva, défit son nœud de cravate et la retira.

— Je ne pense pas, non. Excusez-moi, mais je vais vous fausser compagnie.

— Où vas-tu ?

Il glissa le nœud coulant qui l'étouffait depuis le matin autour du cou de Carol, et lança :

— À la plage !

Il quitta la salle de réunion, plantant là ses collègues et ses actionnaires, ainsi qu'un William dépité par ce départ inopiné.

Trente minutes plus tard, il avait atteint l'océan et aspirait de grandes bouffées d'air iodé. Il retira ses chaussures et posa ses pieds nus sur le sable avec un soupir de bonheur. Il se trouvait bien mieux là qu'enfermé dans ce building à brasser des chiffres qui n'avaient plus aucune signification pour lui. En levant la tête, il suivit des yeux un envol de mouettes. La mer faisait entendre son roulis régulier et, en fermant les paupières, il pouvait presque imaginer se tenir sur une des falaises de l'Île de Pâques. Mais les bruits de voix des passants qui se promenaient sur Venice lui rappelaient qu'il n'était pas seul au monde. Il esquissa quelques pas sur la plage, laissant avec plaisir les grains de sable passer entre ses orteils. Il avait planté la réunion. Il savait qu'il aurait des comptes à rendre, mais tant pis. Au moins, il respirait au grand air, et non emprisonné dans une tour étriquée à l'atmosphère chargée d'hypocrisie et à l'odeur nauséabonde d'argent facile. Encore quelques jours à tenir, et il partirait. Mais aujourd'hui, il avait obtenu la confirmation que, en aucun cas, il ne souhaitait reprendre ses anciennes activités.

Il descendit de sa voiture en y abandonnant un peu de sable, bref souvenir d'une escapade loin de tout ce qu'il détestait. Devant chez lui, il constata que sa place était libre, et cela lui mit un peu de baume au cœur. La porte de la maison voisine s'ouvrit, et la locataire en sortit d'un pas rapide et décidé. Elle ne leva pas les yeux à son approche et le bouscula de l'épaule en passant, sans se retourner. Andrew la suivit du regard. Elle se dirigea vers son véhicule rutilant, bondit dedans et mit le contact. Mais le capricieux refusa de démarrer. La jeune femme, qui semblait à bout de nerfs, frappa de rage son volant.

Andrew revint alors sur ses pas.

— Vous avez besoin d'un coup de main ?

Elle soupira.

— Foutez-moi la paix !

Andrew se défendit.

— Hé ! Je ne suis pas en train de vous braquer, je vous demande si vous avez besoin d'aide. Ne m'agressez pas. Vous voulez que je jette un œil ?

Elle esquissa un léger signe d'assentiment. Andrew ouvrit le capot du petit bijou de mécanique, et la jeune femme le vit disparaître derrière. Elle n'entendit alors plus que le son de sa voix.

— Sinon, vous allez bien ?

Elle fut étonnée de la question et se mit sur la défensive.

— En quoi ça vous intéresse ?

— « Intéresse » est un bien grand mot. C'est juste que, hier soir, il y a eu du remue-ménage chez vous, et…

— Vous m'espionnez ? demanda-t-elle à l'ombre qu'elle distinguait dépassant de la carrosserie.

— Espionner ? Non ! Mais dans le « discret », vous auriez pu faire mieux ! Qu'est-ce qu'il a fait, le type, pour se faire coffrer ?

— Ça vous regarde pas !

La tête d'Andrew surgit.

— Essayez, là !

Elle mit le contact, et la voiture ronronna. Il ferma le capot d'un coup sec et se posta à la portière.

— Je voulais juste savoir si tout allait bien, mais bon… ça a l'air, alors…

Elle pencha la tête et dit doucement :

— Merci.

— Première parole gentille venant de vous. Je sens que je ne vais pas m'en remettre. Bonne soirée !

Il reprit le chemin de sa maison et se retourna.

— Mais à l'avenir, essayez d'être plus discrets !

La jeune femme braqua et disparut à toute allure dans la rue.

On insistait sur la sonnette. Andrew soupira. Est-ce qu'il était possible dans ce pays de rester tranquille, affalé sur son canapé, à se goinfrer de *macaroni & cheese*, sans que personne se pointe pour interrompre son repas gastronomique et solitaire ? A priori, non. Si c'était encore sa voisine… Après s'être levé avec regret, il tomba nez à nez avec William, tenant, sous chaque bras, une jeune femme bien habillée, bien maquillée… Son ami semblait fier de lui et de ses conquêtes. Andrew sourit et dut s'appuyer la tête sur l'encoignure de la porte pour cacher son fou rire. William ne changerait pas.

— Rigole pas, quoi ! On était venus te chercher. Je connais un petit resto mexicain…

Et Andrew explosa de rire, sans plus réussir à dissimuler son hilarité. William se défendit.

— Arrête, quoi !

Andrew se tenait les côtes tant les souvenirs des soirées foireuses d'antan se rappelaient à lui. Et plus son ami intervenait, plus il riait. Il essuya des larmes qui perlaient au coin de ses yeux et tenta de recouvrer son calme.

— Excusez-moi…

Il s'adressait aux jeunes femmes, qui ne comprenaient pas son hilarité.

— Je suis désolé, Mesdemoiselles, ce n'est pas contre vous. Mais c'est lui ! Il m'a tué, là ! Will, t'es grave, tu sais ?

— Ouais, ben, maintenant que je t'ai bien fait rigoler, tu viens avec nous ou pas ?

Andrew secoua la tête.

— Non, je ne crois pas.

— Tu es sûr de toi ?

— Tout à fait. Bonne soirée.

À cet instant, un bruit de vitre brisée leur fit tourner la tête vers la maison d'à côté.

— Ça s'arrange pas chez tes voisins.

— Faut croire que non.

— Bon, on y va. Tu es sûr, Andy ? Tu ne regretteras pas ?

— Tout à fait sûr, le rassura-t-il, en s'esclaffant.

William s'en retourna avant que le rire d'Andrew n'éclate à nouveau dans la nuit.

— C’est le dernier, annonça William.

— Alors, roulement de tambour ! quémanda Andrew, tenant son stylo en l’air.

— À ta place, j’en ferais pas trop. Ton public n’est pas conquis, là.

Andrew regarda le personnel qui était réuni autour de lui. Tous avaient le visage fermé. En effet, ils étaient peu enchantés de le voir, avec une dernière signature, mettre fin à sa contribution à la société. Andrew ravala sa bonne humeur et signa. Il serra quelques mains, se fit congratuler, écouta avec un air navré les regrets des uns, la colère des autres, et s’éloigna. Lorsqu’il sortit de l’immeuble, William sur ses traces, il afficha son sourire.

— Pas fâché d’en avoir fini avec toute cette mascarade !

— Et qu’est-ce que tu vas faire ?

— Rentrer chez moi.

— Et tu vas continuer la glandouille comme ça longtemps ?

Andrew fut surpris, il répondit du tac au tac :

— Mais je t’emmerde, mon p’tit père ! Je glandouille si je veux ! J’ai donné assez de mon temps et de mon énergie pour avoir le droit d’en profiter un peu.

— Ça fait plus d’un an que tu en profites.

— Et il me faudra encore un an pour compenser la semaine que je viens de passer.

— N’abuse pas non plus !

— Will ! On est potes, et ça ne changera pas mais, je t'en prie, n'essaye pas de m'influencer ni de me juger. Je n'ai pas besoin de ça. Laisse-moi vivre comme je le sens ! Je ne te demande pas de quitter ton job, moi ? Alors, accepte mes choix.

Will, l'air embêté, approuva, mais s'empressa d'ajouter :

— Il y a juste… la prochaine fois que tu t'exiles, tu pourrais choisir, je sais pas, moi : Hawaii ou les Bahamas ?

Andrew rit.

— J'y penserai, promis.

— Alors, bon vent à toi !

— Merci ! Et toi… essaye les couleurs pour cacher ces cheveux blancs.

— Ton humour foireux va me manquer.

Une dernière tape sur l'épaule, et Andrew tourna les talons, soulagé. Il quittait une bonne fois pour toutes l'enceinte de la maison de production.

Officiellement, il n'en faisait plus partie.

III
Désolée

Il avait vite bouclé son sac, l'avait lancé dans le coffre, avait refermé d'un coup sec l'habitacle et s'était mis au volant, assailli par des émotions mitigées et contradictoires. Il était heureux de quitter ce milieu auquel il n'arrivait pas à s'adapter, mais se sentait coupable d'abandonner une nouvelle fois William. Cependant, son équilibre et sa santé entraient en jeu, et son île l'appelait. Comme un éphémère à l'agonie appelé par la lumière, il ne pouvait résister à cet aimant qui l'attirait ; question de survie. William, lui, s'en sortirait toujours, il possédait le mordant nécessaire, celui que lui avait perdu.

Il avait démarré, la tête pleine de pensées, et à peine avait-il parcouru quelques mètres qu'une ombre jaillit devant lui et se jeta sur son capot. Par réflexe et dans un crissement de pneus, il freina brutalement.

— Non, mais ça va pas ! cria-t-il à la furie qui avait surgi.

Il reconnut avec surprise sa voisine et renchérit :

— Vous êtes malade !

Elle s'appuya des deux mains sur l'avant de la voiture et supplia :

— Aidez-moi !

— Quoi ?

— Je vous en prie, aidez-moi !

Ses yeux l'imploraient. Il entendit alors un hurlement qui remontait de la rue et, tournant la tête, vit l'homme arrêté la veille par les flics courir dans leur direction. Sans hésiter, Andrew ordonna :

— Montez !

Avec une rapidité peu commune, elle prit place à ses côtés, et il démarra en trombe.

Ils roulèrent de longues minutes en silence et, enfin, Andrew braqua et se gara sur le bas-côté de la route. Le coude posé sur le volant, il observa attentivement sa passagère avant de lancer :

— Alors ?

— Alors, quoi ? répliqua-t-elle.

— Vous m'expliquez pourquoi j'ai dû traverser la moitié de la ville à fond la caisse ?

Elle haussa les épaules.

— Pour rien.

— Ah oui ! Et pourquoi il y avait un dingue qui vous courait après ? Il voulait faire de l'exercice, peut-être ?

Elle soupira.

— Non.

— Dispute d'amoureux ? tenta-t-il.

— Dispute, oui. D'amoureux, tout est relatif.

Andrew se calma.

— Bon, vous êtes assez loin. Vous pouvez descendre. Au fait… C'est quoi votre nom ?

Il venait de se rendre compte qu'il ignorait tout d'elle.

— Elena. Elena Pietrakovitch.

Elle n'avait pas bougé, presque recroquevillée sur le siège. Il crut rêver, mais perçut un murmure :

— Emmenez-moi.

— Pardon ?

— Ne me laissez pas. Emmenez-moi.

Sa voix était suppliante.

— Que je vous emmène où ?

— Je ne sais pas. Où allez-vous ?

— Chez moi. Santiago.

Elle ouvrit de grands yeux.

— Je ne pensais pas aussi loin ! L'Arizona, ça m'aurait suffi.

— Qu'est-ce que vous fuyez ? L'autre malade ? Et d'ailleurs, il n'était pas en taule, lui ?

— Libéré dès le lendemain.

Andrew hésita, mais demanda :

— Il vous a fait du mal ?

Aucune expression ne passa dans le regard d'Elena, elle lâcha juste :

— Ne me parlez pas de lui…

— D'accord, mais qu'est-ce que je fais de vous, moi ? Il est hors de question que je vous ramène chez moi !

— Vous habitez vraiment à Santiago ?

— Non. Dans un village, en pleine campagne.

— Encore pire !

— Je vous dépose au poste de police ?

— Pour quoi faire ? s'enquit-elle en fronçant les sourcils.

— Je ne sais pas, moi ! Pour boire une bière ? Faire du tourisme ?

Elle secoua la tête, blasée de son humour. Il reprit plus sérieusement :

— Pour porter plainte contre le type qui vous poursuit.

— Je viens de vous dire que je ne voulais pas entendre parler de lui !

— Mais moi, je ne vais pas vous balader dans ma voiture toute la journée. J'ai un avion à prendre ! Et là, je suis bien parti pour le louper ! Je vous dépose où ?

Elle soupira :

— Chez ma mère.

— On y arrive. Où ça ?

Il avait remis le contact.

— En Arizona, fut la réponse évidente d'Elena.

Il stoppa le moteur, la regarda et esquissa une légère moue avant d'avancer une hypothèse :

— Vous vous foutez de moi ?

L'absence de réponse lui fit comprendre qu'elle ne plaisantait pas. Il proposa cependant :

— Si je vous dépose à l'aéroport ?

— J'ai pas mes papiers.

— Vous faites vraiment tout pour m'emmerder ! Vous mériteriez que je vous laisse là, sur le bord de la route !

Elle ne disait rien, les yeux perdus au loin. Andrew la considéra avec curiosité. Qu'est-ce qu'elle cachait ? Et qu'allait-il faire d'elle, surtout ? L'heure tournait. Il devait se dépêcher s'il voulait attraper son vol. Mais jamais, ô grand jamais, il n'aurait mis sa menace à exécution et l'aurait laissée sur le bord de la route. Il ralluma le moteur et s'engagea à nouveau sur le bitume, en l'informant :

— Je vous dépose à la gare routière. Vous trouverez bien un bus pour l'Arizona.

Elle acquiesça d'un faible signe de tête. Il en déduisit que ce n'était pas la proposition qu'elle espérait. Mais il ne pouvait faire mieux. Déjà qu'il ne savait pas trop qui elle était, qui elle fuyait, quelle vie étrange elle menait ; alors, partir pour une destination hors de la limite d'état avec elle à son bord ne s'avérait pas une bonne idée. Et même avec cette solution de substitution, son embarquement s'annonçait fortement compromis.

Ils roulèrent sans échanger un mot. La fenêtre ouverte pour évacuer la chaleur de l'habitacle – ainsi que la tension environnante –, Andrew, énervé par la multitude de feux qui passaient au rouge à son approche et ralentissaient sa moyenne, tapait nerveusement sur la carrosserie. Son regard ne quittait pas l'heure affichée sur le tableau de bord : elle ne semblait pas résignée à stopper le temps. Elena ne bronchait pas. La tête tournée du côté opposé au conducteur, elle semblait perdue dans ses songes. Andrew se refusa à deviner ce qu'elle avait à l'esprit, mais la culpabilité menaçait de l'assaillir. Pourtant, rien ne l'obligeait à effectuer ce détour qui l'écartait drôlement de sa trajectoire initialement prévue, il n'avait rien à se reprocher.

Malgré une circulation dense, ils finirent par arriver à la gare routière. Au pas de course, ils se rendirent au guichet où Andrew acheta un billet pour Flagstaff, qu'il lui tendit :

— Il part dans une heure et quart.

— Merci, murmura-t-elle.

Elle n'avait plus rien de la furie qui était venue sonner à sa porte. Il eut un petit serrement au cœur.

— Ça ira ?

Elle répondit avec un faible sourire :

— Ça ira…

Sans plus s'occuper de lui, elle partit s'asseoir sur un banc pour attendre le bus. Andrew s'attarda quelques secondes à la regarder, puis fit demi-tour. Il avait agi du mieux qu'il pouvait. Il n'avait rien à se reprocher. Il monta dans son véhicule, consulta sa montre et soupira ; l'heure limite d'enregistrement des bagages était déjà passée. Le temps qu'il atteigne l'aéroport, l'embarquement serait terminé. Il ne rentrerait pas chez lui aujourd'hui. C'était foutu ! Rien ne se déroulait comme il le souhaitait, et son île lui paraissait à cet instant inaccessible. Il savait qu'il n'aurait jamais dû la quitter, jamais… Du parking, il apercevait la silhouette d'Elena assise sur son banc. Elle semblait seule, perdue… et s'il lui arrivait quelque chose ? Il ne se le pardonnerait pas. Il sortit à nouveau de sa voiture, claqua la portière et la rejoignit.

— Bon, je sens que je vais m'en mordre les doigts, mais venez.

Elle ouvrit de grands yeux.

— Vous êtes encore là ? Et votre vol ?

— Je l'ai raté, de toute façon ! Et vous me faites mal au cœur, toute seule, sur votre banc ! Venez !

Elle sauta sur ses pieds et, le sourire aux lèvres, le suivit.

Ils s'étaient arrêtés dans un fast-food, et Andrew mordait à pleines dents dans son burger.

— Alors ? Vous allez me raconter ou pas ?

Comme absente, elle tournait la paille dans son verre.

— J'ai rien à dire…

— Ah bon ? Et pourquoi je vous trimbale dans ma voiture, alors ? Et pourquoi vous êtes-vous jetée sous mes roues ? Parce que j'ai un charme fou, et que vous ne pouviez pas vous passer de ma présence ?

Elle esquissa un demi-sourire.

— Pas vraiment, non !

Et elle continua à remuer inlassablement son coca.

— Vous êtes une criminelle ? tenta-t-il dans l'intention de provoquer une réaction chez elle.

Mais la seule qu'il obtint le surprit.

— Moi, non.

Il s'arrêta de manger et s'essuya la bouche.

— Ça veut dire quoi, ça ? Vous, non. Ça veut dire que l'autre malade… oui ?

Elle haussa les épaules, comme si la conversation ne la concernait pas, comme si... elle fuyait. Mais Andrew se sentait trop impliqué désormais et ne la laisserait pas le balader à travers le pays sans savoir pourquoi.

— Sérieusement, Elena, il serait temps que vous me disiez pourquoi il vous courait après, et pourquoi vous le fuyiez. C'est qui ?

— Mon ex, se résigna-t-elle à lâcher.

— Et… ?

D'un mouvement de la main, il l'invitait à poursuivre.

— Il n'accepte pas que je l'aie plaqué.

— Et vous pouviez pas en parler tranquillement devant un café, plutôt que de hurler en pleine nuit ou de casser des vitres ?

— Tranquillement ? Il ne fait rien tranquillement.

— Vous non plus apparemment, fit-il remarquer, en poursuivant son repas.

Elle rit.

— Je suis ravi que ma remarque vous fasse rire, mais vous êtes bien la seule ! Vous savez que j'aspire à une vie tranquille, moi !

— Je suis désolée…

Il la regarda et désigna le sandwich auquel elle n'avait pas touché.

— Vous ne mangez pas ?

— Je n'ai pas très faim.

Et sa voix reprit alors de l'assurance.

— Qu'est-ce qu'on fait après ?

— Je ne sais pas. Un bowling ?

— On vous a déjà dit que vous aviez un humour pitoyable ?

Il rit.

— Oui, très souvent. Non, je vais rentrer à L.A, c'est tout.

— Je ne peux pas rentrer chez moi, annonça-t-elle, grave.

— Mais moi, si ! Alors, comme je suis bon prince, je veux bien vous héberger le temps que vous trouviez une solution ou que vous vous rabibochiez avec votre mec. Mais il va falloir la trouver, cette solution !

— La solution ? Il faudrait que je parte loin. Pas dans la maison d'à côté !

Andrew jeta sur son plateau la serviette en papier qu'il venait d'utiliser.

— Oui, ben, je pense que je vous ai assez baladée dans ma caisse pour aujourd'hui. Je ne suis pas taxi. Il faut me laisser digérer un peu tout ça ! Je devrais survoler l'océan à l'heure qu'il est, je vous rappelle !

— Je suis désolée, je vous l'ai déjà dit ! Je ne vais pas vous demander pardon à genoux, non plus ! lança-t-elle, agressive.

Il fut surpris par son ton offensif.

— Eh ben ! je comprends que vous vous soyez séparée de votre ami. Avec un caractère pareil !

La réflexion ne sembla pas plaire à la demoiselle qui se leva et quitta l'établissement sans lui accorder un regard. Il soupira, secoua la tête et sortit à sa suite. Il n'eut pas à lui courir après comme il le craignait, car elle était là, devant la porte, à faire les cent pas.

— C'était une blague… dit-il pour s'excuser. Bon, j'admets que ce n'était pas drôle, mais reconnaissez que vous n'avez pas un caractère facile.

Elle vint vers lui.

— Arrêtez de faire des blagues ! Je ne suis pas vraiment d'humeur…

— J'essaierai…

— Au fait, vous vous appelez comment ? l'interrogea-t-elle, en réalisant qu'elle ne connaissait pas le nom de l'homme qui lui avait sûrement sauvé la vie.

Il afficha un large sourire.

— Enfin, on y vient ! Je m'appelle Andrew… Andy ! Enchanté !

Et il lui tendit la main.

Au fur et à mesure qu'ils approchaient de leur quartier, Elena devenait nerveuse. Elle appréhendait. Et si son ex l'attendait ? Et s'il la voyait revenir ? Elle ne savait pas ce qu'il adviendrait. Il pouvait se montrer si violent. Elle espérait qu'il ne se douterait pas qu'elle passerait la nuit dans la maison voisine. Il l'imaginait déjà loin, et sûrement en route pour l'Arizona. Elle l'espérait… La présence et la carrure d'Andrew la rassuraient un peu. Son attention fut soudain attirée par un nuage de fumée qui s'élevait au-dessus des arbres et des habitations. Andrew baissa la tête, pour mieux regarder le ciel à travers le pare-brise, et lança :

— Ça doit bien cramer par-là !

Et tandis qu'ils avançaient, ils aperçurent les sirènes des pompiers. Il continua :

— C'est pas loin ! Avec votre bol, ça va être votre maison !

En arrivant dans leur rue, ils trouvèrent l'accès bloqué par des camions de pompiers. Andrew serra son frein à main, ne quittant pas des yeux le spectacle qui s'offrait à lui. Il sortit de sa voiture, ahuri, et passa sous les cordons de sécurité. Un pompier vint à lui et l'engagea à circuler :

— Ne restez pas là ! C'est dangereux.

Andrew obtempéra, mais protesta :

— Mais... mais... c'est ma maison !

— Alors, je suis désolé, Monsieur.

— Qu'est-ce qu'il s'est passé ?

Andrew n'en revenait pas de voir sa villa livrée aux flammes.

— On éteint l'incendie, Monsieur ! On déterminera la cause plus tard ! Mais si vous voulez voir la police, un inspecteur se trouve là-bas !

Il lui montra un homme qui se tenait à quelque distance. Andrew, sans détourner le regard du brasier qu'était devenue sa maison, se dirigea lentement vers lui.

— Vous êtes le propriétaire ?

— Oui...

— Est-ce que vous avez entreposé des matières inflammables ou explosives ?

— Euh... je ne suis pas trafiquant d'armes, si c'est le sens de votre question. Qu'est-ce qu'il s'est passé ?

— On ne sait pas encore. Une enquête aura lieu. Des témoins ont vu un homme s'enfuir. Vous avez des ennemis ?

— J'essaie de tout faire pour en avoir le moins possible...

— De toute manière, vous serez convoqué au poste lorsqu'on en saura plus sur la cause de l'incendie. Vous avez un point de chute ?

— Non… oui… enfin, je vais trouver.

— D'accord, contactez-nous dès que vous le pouvez ! En attendant, pensez aux assurances ! Et un conseil… Ne restez pas là. Ça ne sert à rien !

Andrew s'en retourna, anéanti. Sa maison brûlait. Il ne lui restait que sa voiture, dans laquelle il voyait Elena qui tentait de se faire toute petite, qui se ratatinait sur le siège alors qu'il approchait. Les paroles de l'inspecteur lui revinrent en tête ; un homme qui s'enfuyait. Il s'installa au volant et demanda calmement :

— C'est lui qui a fait ça ?

— Je ne sais pas, moi…

— Franchement ?

— Peut-être. Il est… un tantinet jaloux.

Elle serra son pouce et son index pour minimiser la chose. Andrew pencha la tête sur le côté en fronçant les sourcils.

— Un tantinet ? Ça me rassure ! Qu'est-ce que ça aurait été, s'il l'avait été carrément !

— Je suis désolée…

— Faites-moi une faveur. Arrêtez d'être désolée !

— Je suis désolée, s'excusa-t-elle, avant de mettre la main sur sa bouche, se rendant compte de ses paroles.

Il démarra et s'éloigna de sa maison, de ses souvenirs et d'une partie de sa vie qui partait en fumée.

William se leva péniblement, se gratta la nuque et ouvrit au visiteur qui sonnait avec insistance. Il fut surpris de tomber sur Andrew.

— Qu'est-ce que tu fais là, toi ? T'es pas en plein vol ?

— La preuve que non.

William s'effaça pour laisser son ami pénétrer dans son appartement et vit une femme derrière lui, qui entra à son tour, la tête basse.

— Tu me présentes ? s'enquit Will, étonné de cette invitée surprise.

— William, Elena je-sais-plus-trop-quoi.

— Pietrakovitch, corrigea cette dernière.

— Will, tu peux nous héberger, cette nuit ?

— Oui, bien sûr… mais… tu peux m'expliquer ?

— Ce serait trop long ! En gros, ma maison a été incendiée !

— Sérieux ?

— J'ai une tête à plaisanter ?

— Mais tu ne devais pas être dans l'avion, toi ? Je ne comprends rien…

Elena se tenait dans un recoin, n'avait pas ouvert la bouche et avait à peine salué son hôte. N'obtenant aucune réponse des deux arrivants, William proposa :

— Vous voulez boire quelque chose ?

Le silence accueillit une nouvelle fois ses paroles, alors il devança leurs désirs et leur prépara un café. Andrew, sans plus de cérémonie, s'affala dans le canapé et cacha son visage entre ses mains.

— Alors ? insista Will, intrigué. Tu as changé d'avis ? Tu restes ici ?

— Non. Mais, vois-tu, j'étais en route pour l'aéroport, j'avais pas fait dix mètres qu'elle s'est jetée sur ma voiture, elle m'a supplié de l'aider car elle était poursuivie par un type. J'ai raté mon vol et depuis j'écume les routes de Los Angeles avec elle à mon bord. Et devine quoi ? Quand je rentre chez moi, je retrouve ma maison en train de brûler. Et ça, c'est la version édulcorée !

— Tu rigoles ? Tu me proposes un scénar ou quoi ?

— J'aimerais ! Franchement, j'aimerais ! Mais je peux t'assurer que, avec toute mon imagination, je n'aurais jamais pu écrire ça ! J'étais peinard, moi ! Et voilà que je n'ai plus de maison ! À cause de Miss Catastrophe, dit-il, en désignant Elena du menton.

William réprima un sourire.

— Tu vois, tu critiques mes choix en matière de femmes, mais je crois que tu n'as rien à m'envier.

Andrew fit semblant de rire.

— Hahaha ! Très drôle !

Elena avait le regard posé sur un tableau accroché au-dessus du canapé. Elle se leva vivement de sa chaise et s'en approcha en s'exclamant :

— C'est un vrai ?

Dans son empressement, elle renversa une partie de sa tasse sur Will, qui se recula, surpris. Immédiatement, elle serra les dents.

— Je suis désolée…

Andrew pouffa.

— Une chemise en soie à quatre cent cinquante dollars ! réagit Will, tentant de la main d'enlever la tache.

Elena haussa la voix :

— Je vous ai dit que j'étais désolée ! Et si vous ne voulez pas ce genre d'inconvénients, la prochaine fois, vous vous achèterez une chemise à dix dollars !

William se redressa, surpris de la réplique de la jeune femme, retira sa chemise et la passa sous l'eau du robinet en répondant du tac au tac :

— Je bosse, moi, et mon plaisir c'est d'avoir des chemises à quatre cent cinquante dollars ! C'est mon droit, et c'est pas une poissarde qui va changer ma façon de vivre !

Elle déambula, hautaine, détaillant l'intérieur de l'appartement.

— Je vois ! Monsieur se paye des chemises hors de prix, des tableaux de maître… il y a un jacuzzi dans votre salle de bains, je suis sûre ! Du marbre, des meubles dorés à l'or fin… C'est pas la modestie qui vous étouffe. Vous aimez en foutre plein la vue !

Andrew se retenait d'éclater de rire. Will regarda son ami pour le prendre à témoin.

— Mais pour qui elle se prend ?

Andrew tendit la main, et, imitant le son d'un roulement tambour, annonça :

— Et voilà… Elena, Je-sais-plus-quoi !

— Pietrakovitch ! Vous allez l'ingérer ? Pietrakovitch ! Et arrêtez de rire !

L'énervement de la jeune femme ne réussit qu'à faire redoubler l'hilarité d'Andrew qui cacha son visage entre ses bras.

— Mais arrêtez, bon sang ! s'indigna Elena.

— Et vous, arrêtez de hurler chez moi ! reprit William.

— C'est nerveux ! se justifia Andrew. J'y peux rien, c'est nerveux. La journée avait pourtant bien commencé, et elle se termine avec ma maison en cendres !

— Heureusement que tu as une résidence secondaire ! fit remarquer son ami, essorant sa chemise, qui, hochant la tête, ajouta :

— Dommage que ce ne soit pas la bonne qui ait brûlé !

Et Andrew se remit à rire, à rire tellement sur son sort et sur ce qu'il venait de vivre, qu'il en tapait du poing le canapé, sous les regards ahuris d'Elena et William.

— Bon, vous m'excuserez, mais je n'ai qu'une chambre ! coupa William pour stopper l'hilarité nerveuse de son pote.

— Avec un appart pareil, vous n'avez qu'une chambre ? s'étonna Elena, légèrement ironique.

— Oui, Mademoiselle, mais si cela ne vous convient pas, la porte est grande ouverte ! Je ne vous retiens pas !

Et il indiquait la sortie de la main. Elle haussa les épaules et continua :

— Franchement, vous vendez une ou deux de vos toiles et vous faites agrandir.

William se tourna vers Andrew.

— Tu pourrais la faire taire, ta copine ?

Il secoua la tête.

— J'ai déjà renoncé. Et c'est pas ma copine ! C'est ma voisine ! Enfin… si je peux encore dire voisine, étant donné que je n'ai plus de maison ! lança-t-il en approchant son visage de celui d'Elena, avec des yeux faussement menaçants.

— Eh ! C'est pas moi qui ai fait flamber votre baraque ! Si ça se trouve, c'est vous qui avez mal éteint votre barbecue !

— Et c'est votre copain qui tenait les allumettes ?

— C'est pas mon copain ! se défendit Elena. ET JE NE VEUX PAS PARLER DE LUI !

— Bon, modéra William, si vous arrêtiez deux minutes de beugler, qu'on s'organise ! Je vous laisse la chambre, je prends le canapé.

Andrew leva le doigt pour l'interrompre.

— Euh… si je peux me permettre… je ne pourrais pas plutôt te taxer un bout de moquette, au lieu de partager…

De la tête, il désignait la chambre et Elena, essayant de faire comprendre à son ami qu'en aucun cas il ne souhaitait partager la même chambre, et encore moins le même lit qu'elle.

— À ta guise, mon pote.

Elena ne se vexa pas et, se laissant tomber sur le lit, en tâta le matelas. Puis, elle se leva et se dirigea vers la salle de bains.

— Si ça ne vous dérange pas, je vais prendre un bain.

Et elle referma la porte derrière elle. William et Andrew échangèrent un regard, et Will posa la main sur l'épaule de son ami.

— Je sais que tu m'en veux de t'avoir fait revenir à L.A, mais tu crois pas que ta vengeance a dépassé les bornes, là ?

IV
TRIO

Le lendemain matin, à la première heure, après une nuit d'insomnie à retourner les récents événements dans son esprit, Andrew s'était attelé aux formalités d'assurance et de rapatriement. Sa patience avait été mise à rude épreuve, et la musique d'attente lui avait tapé sur les nerfs. Finalement, lorsque William déboula en boutonnant sa chemise, il raccrocha le téléphone d'un air moyennement satisfait.

— Alors ? s'enquit Will.

— Alors, pas de vol avant deux semaines, annonça-t-il en lançant l'appareil sur le canapé et en s'emparant de sa tasse posée sur la table basse.

— Chouette ! Tu vas pouvoir passer ton temps à la plage. Et les assurances ?

— Faut attendre l'avis des experts.

Will montra d'un signe de tête la chambre.

— Et tu fais quoi de Calamity Jane ?

— Pfff ! Si je le savais ! Elle veut aller en Arizona.

— Ben, qu'elle y aille ! Et bon débarras !

Andrew prit une inspiration et annonça :

— Je vais l'y emmener, je pense.

— T'es malade ? Tu as des fautes à expier ? Même si c'est le cas, tu ne mérites pas un tel châtiment.

Andrew afficha un faible sourire.

— Je sais, mais tu n'as pas vu ce regard qu'elle m'a lancé quand elle s'est jetée sur ma voiture. Elle m'a supplié. Elle était paniquée. Et lorsque je l'ai laissée toute seule à la gare routière, de la voir ainsi… elle avait l'air si petite, perdue, malheureuse…

— Andy, t'es tombé sur la tête !

— Non. Mais je ne sais pas ce qui lui est arrivé. Ce qu'elle cache…

— Un caractère de merde, acheva Will, avec évidence.

— Tout ça parce qu'elle n'aime pas ta déco ! répliqua Andrew avec un clin d'œil.

— Arrête, toi aussi, tu as du mal à la supporter. Vous n'avez pas cessé de vous bouffer le nez ! Tu veux vraiment t'imposer ça ? La route peut être longue jusqu'en Arizona.

Will avait terminé de s'habiller et sirotait son café à petites gorgées, en considérant son ancien collègue. Assis en tailleur sur le sofa et les yeux perdus sur le liquide encore fumant, ce dernier semblait réfléchir. Will n'aurait su deviner ce à quoi il pensait tant le regard de son ami était devenu insondable. Des doutes, des hésitations, des regrets… ou tout autre chose. Un grincement les tira de leurs réflexions, et Elena, vêtue d'une longue chemise, surgit. Will fronça les sourcils.

— Ça va, je vous dérange pas ? Vous prenez mes fringues maintenant ?

— J'en avais pas, se justifia-t-elle. Et puis, on dit bonjour lorsqu'on est poli ! Et vous savez, qu'elles valent quatre cent cinquante ou dix dollars, je ne vois pas la différence.

— Andy, je reviens sur mes paroles. Emmène-la ! Emmène-la loin, et qu'elle se fasse bouffer par les crotales !

Andrew n'avait pas souhaité intervenir, plongé dans ses pensées. Emmener Elena en Arizona, ce n'était pas vraiment un voyage d'agrément, mais pouvait-il la laisser à la merci d'un dingue qui lui en voulait ?

Elena s'était approchée de Will et poursuivait la provocation :

— Et vous pensez être un gentleman ?

Elle balaya l'air d'un grand geste, mais elle cogna le bras de Will, et son café se répandit sur lui. Il la regarda, blasé. Sentant que la colère menaçait de monter chez son hôte, elle recula…

— Je suis désolée…

Calmement, Will s'avança vers elle, tenant ses mains devant lui, comme s'il faisait mine de l'étrangler. Dans un instinct de défense, elle protégea son visage d'un bras. William, surpris par ce réflexe, s'arrêta brusquement et jeta un bref regard à son ami, qui, interloqué par la réaction d'Elena, l'observait, intrigué. Will s'étonna :

— Hé ! Vous croyiez quoi ? Que j'allais vous frapper ? Vous me prenez pour qui ?

Gênée, elle répliqua :

— Non, non… non.

Et reprenant de sa superbe, elle passa à côté de lui, le bousculant de l'épaule.

— Elena ? appela doucement Andrew.

Mais elle le snoba. Ne voulant laisser cet incident sans explication, il se leva prestement, renversant au passage son propre café auquel il n'avait pas touché, et attrapa la jeune femme par le bras.

— Aïe ! protesta-t-elle.

Il souleva la manche de la chemise qu'elle portait et découvrit des traces de coups.

— C'est « l'autre » qui vous a fait ça ?

— Non ! répondit-elle fermement en recouvrant sa peau meurtrie. C'est quand je me suis cognée contre votre voiture.

Il plissa légèrement les paupières, grave.

— Ça fait longtemps que ça dure ?

— Vous êtes bouché ou quoi ? J'ai dit que je ne voulais pas en parler !

Will ne savait pas trop comment se comporter. Et il était pressé par le temps. Il changea vite de chemise et, optant pour une attitude détachée, vint prendre congé.

— Bon, les enfants, c'est pas tout ça, mais papa va travailler !

Son ton enjoué ne fit pas mouche. Andrew et Elena se mesuraient du regard. Will capitula et prit la fuite en lançant :

— Essayez de ne pas ruiner la maison en mon absence. À ce soir !

Il quitta l'appartement où ses hôtes n'avaient pas bougé. Andrew braquait ses pupilles dans celles de la jeune femme, tentant de déceler ce qu'elle refusait de révéler, ce lourd secret si bien caché. Il n'abandonnerait pas avant d'avoir compris, mais elle prit la parole d'un air suppliant :

— Ne me regardez pas comme ça. Je vous en prie !

Andrew, conciliant, obéit et baissa les yeux.

Il ferma d'un coup sec la fermeture Éclair de son sac et regarda quelques instants Elena qui tortillait une mèche de cheveux entre ses doigts. Toujours là, à errer dans le salon dans une chemise trop grande, à étudier les œuvres d'art de Will, elle semblait presque insouciante. Mais ce n'était qu'une façade, Andrew le savait. Les choses devaient changer, avancer. Il n'avait pas le choix, il trancha :

— Bon, je prends la situation en main. Je ne vous laisse plus d'autres options, on va voir la police.

— Pour quoi faire ?

— Pour porter plainte contre ce tordu qui vous bat.

— Ça changera quoi ? demanda-t-elle, fataliste. S'ils l'arrêtent, il sera relâché le lendemain. Non ! Emmenez-moi à Flagstaff et laissez couler.

Un éclair de surprise passa dans les yeux d'Andrew.

— Que je laisse couler ? Ah, mais c'est pas possible, ça.

— Pourquoi donc ?

Il posa ses mains sur ses épaules :

— Parce que, maintenant, je suis concerné. Et que je ne laisserai jamais une chose pareille recommencer.

Elle se dégagea vivement de son emprise :

— Mais je ne vous ai rien demandé !

— Si. À l'instant même où vous vous êtes jetée sur ma voiture. Je ne vous laisserai pas à la merci d'un salaud qui serait capable de vous poursuivre jusque chez votre mère. On va aller voir la police, on va passer chez vous chercher vos affaires, et j'irai vous mettre en lieu sûr.

— Mais… s'il est là-bas ?

— On le fera coffrer. Mais ça m'étonnerait vraiment qu'il traîne dans le coin. Et puis, je suis là ! Je ne suis pas un gringalet quand même. Je n'ai plus la forme de mes vingt ans, mais je ne suis pas encore à remiser à la casse.

Elle sourit.

— Vous n'êtes pas obligé…

Il haussa les épaules.

— Question de principe. Aucun homme qui se respecte ne devrait porter la main sur une femme.

— Même si elle a un caractère de merde, comme vous dites ?

— Oui. Même si c'est vous. Vous ne méritez pas ça. Il faut le mettre hors d'état de nuire.

— Et vous m'emmènerez où ?

— Je ne sais pas encore. Mais je ne vous laisserai pas tant qu'il ne sera pas inculpé. Je vous le promets.

Elle baissa la tête.

— Je suis désolée…

Repliant son index, il lui releva le menton.

— Arrêtez ! Vous n'avez pas à vous excuser à tout bout de champ avec moi. Ce n'est pas nécessaire.

— Je vous tape sur les nerfs, hein ?

Il esquissa un petit rictus moqueur.

— Je dois avouer que oui, vous avez une certaine aptitude à me taper sur les nerfs. Mais ça fait partie de votre charme. Filez vous habiller !

Telle une frêle gazelle, elle se dirigea vers la salle de bains. Andrew observa quelques instants sa démarche gracieuse, presque dansante, dans laquelle il pouvait deviner son caractère taquin, mais avant de refermer la porte, se mordillant un doigt, elle murmura :

— Merci.

Il crut bon d'ignorer ce chuchotement qui avait dû lui coûter, et changea de sujet en prévenant :

— Et évitez de vous servir dans l'armoire de Will. Il est d'un maniaque, je ne vous raconte pas !

De la villa d'Elena, Andrew contemplait d'un air navré sa maison. Elle n'était qu'un amas de cendres qui fumait encore. Heureusement, il n'y avait pas d'affaires trop personnelles, étant donné qu'il avait déjà tout rapatrié à Hanga Roa. Mais cela lui faisait mal au cœur. Des cordons de sécurité délimitaient le périmètre, et il ne pourrait pas y avoir accès avant quelques jours. Il laissa tomber le rideau de la fenêtre et détailla l'environnement de la jeune femme. Raffiné, luxueux, décoré de quelques toiles de maîtres, à moins que ce ne soit des copies… Se sentant indiscret dans son examen, il se détourna vers Elena qui avait rassemblé quelques affaires dans un fourre-tout.

— C'est bon ? Vous avez ce qu'il vous faut ?

— Je crois, oui…

— Alors, on y va !

— Andrew, vous savez… pour votre maison… je suis…

— Désolée, je sais.

— Vous allez faire comment ?

— Squatter chez mon pote en attendant de repartir sur l'Île de Pâques.

— Vous faites quoi là-bas ?

— Je vis… Allez, c'est parti !

Andrew chargea le sac sur son épaule, ils sortaient de la maison quand Elena lança :

— Dire qu'on se serait peut-être jamais parlé si vous ne vous étiez pas garé comme un Cheyenne.

— Cherokee, corrigea-t-il.

— Quoi ? fit-elle sans comprendre.

— J'ai des origines cherokees, pas cheyennes.

Elle rit, dubitative.

— C'est vrai ?

— Ben… oui, dit-il avec évidence, en jetant le bagage à l'arrière. Et vous ?

— Moi ?

— Oui, avec ce nom qui écorche la mâchoire, vous venez d'où ?

— Russie.

— Qu'est-ce que vous faites ici ?

— Je suis venue avec Dimitri.

— Dimitri…

— Dimitri Portanov !

— Ôtez-moi d'un doute, je ne me serais pas immiscé dans une guerre des Balkans, là ?

Elle pencha la tête sur le côté, mais ne répondit pas. Il posa son front sur le volant, en soupirant.

— Et c'est qui ? Un criminel de haut vol ? Un parrain de la pègre ?

Elle restait muette.

— Mais dans quoi je me suis embarqué ! demanda-t-il à son tableau de bord.

— Je vous avais dit de laisser couler.

Il se redressa.

— Vous croyez quoi ? Que je vais me dégonfler ? Je me suis engagé à vous sortir de là, je m'y tiendrai ! Mais… pourquoi vous ne l'avez pas quitté avant ?

Elle étouffa un rire nerveux.

— On ne quitte pas Dimitri Portanov ! C'est lui qui vous élimine de sa vie !

Il mit le contact.

— Bon, je sens qu'on est partis pour deux semaines de plaisir !

Tandis qu'ils roulaient en silence, Elena se tortillait sur son siège en se demandant quelle serait la suite des événements. Andrew sortit de ses propres réflexions et lâcha :

— On ne va pas en Arizona.

— Et pourquoi ?

— Parce que, à mon avis, votre russkoff vous y attend déjà.

— Vous croyez ?

— Noooon ! Je vous l'ai déjà dit, c'était pour faire de l'exercice qu'il vous courait après ! Franchement, Elena, je ne vais pas vous amener jusqu'à lui. Ce ne serait pas très judicieux de ma part. Et même si je ne suis pas encore hors circuit, je sais rester prudent.

Elena le regardait attentivement.

— Quoi ? demanda-t-il, surpris de tant d'insistance.

— Je ne vous ai pas déjà vu quelque part ? À la télé ?

La question plongea Andrew dans la stupeur. Comment cette femme, poursuivie par un dingue, pouvait-elle s'égarer sur de tels détails ? Mais il balaya vite cette interrogation de son esprit ; il commençait à s'habituer à son comportement étrange et banalisa sa réponse.

— Possible… admit-il.

— Dans quoi ?

Andrew soupira, se rappelant toutes les unes de journaux sur lesquelles il avait dû figurer après son abandon de la société.

— Sûrement un film d'horreur…

Will glissa la clef dans la serrure et sut qu'ils étaient encore là. Cela le rassura, car il n'aurait eu de cesse de s'inquiéter pour son pote en prise avec une furie sur les routes, mais il se sentit aussi mal à l'aise. La scène du matin lui trottait encore dans la tête. Comment allait-il donc se comporter avec Elena ? Il n'avait pas voulu lui faire peur, ni même la menacer. Il ne pourrait jamais lever la main sur une femme ! Et il comprenait sa détresse. Elle avait besoin d'aide. À peine eut-il franchi le seuil qu'il entendit une exclamation.

— Black Jack !

— Encore ! se plaignit Andrew, en lançant d'un geste rageur ses cartes sur la table, alors qu'Elena riait joyeusement.

— Je vais te plumer !

— Bonsoir, les enfants ! Papa est à la maison ! s'écria gaiement Will.

Andrew lui adressa un signe de la main, et Elena vint à lui, souriante.

— Un p'tit Black Jack ?

— Ne joue pas avec elle ! Surtout, ne joue pas avec elle ! prévint Andrew, les bras derrière la tête en se balançant sur sa chaise.

William fit claquer sa langue.

— Je vois. Vous n'avez pas perdu de temps pour transformer mon appart en tripot.

Il ouvrit la porte d'un placard, comme s'il cherchait quelque chose.

— Al Capone est là ?

— C'est très drôle ! répliqua Elena.

Il l'attrapa par la main.

— Elena, je voulais vous dire. Je fais le malin, là, mais… ce matin, je ne voulais pas vous faire peur. Je ne vous aurais jamais fait de mal.

Andrew avait arrêté de se balancer et les observait. Elle ne se dégagea pas, mais conclut, grave :

— Il ne faut jamais dire jamais.

— Je… j'avoue que je ne sais pas comment réagir… je me sens bête.

— Conduisez-vous comme d'habitude avec moi. Vous n'avez pas à m'épargner. Je ne veux pas que vous me considériez comme une faible créature ! Et si vous vous sentez bête… ben, c'est que peut-être…

Elle avait adopté un sourire mutin. William comprit la taquinerie.

— Je vois…

— Toujours pas de Black Jack ?

Il rit.

— Non, merci ! Vu ce qu'en dit Andy, je vous soupçonne de tricher.

Il desserra sa cravate, l'enleva d'un air soulagé et la lança sur le dossier d'une chaise. Un peu ébouriffé, il remit de l'ordre dans sa chevelure et se dirigea vers la cuisine pour sortir une bière de son frigo, puis se vautra sur le canapé. Il prit la précaution de se déplacer légèrement pour laisser une petite place pour qui voudrait s'asseoir. Il but à la bouteille, goulûment, et soupira.

— Sale journée ? demanda Andrew, se balançant de nouveau sur sa chaise.

— Tu ne peux pas savoir à quel point !

— Alors, me raconte pas.

— Tu sais, les guerres civiles dont on nous gave aux infos ? Ben, c'est ce que tu as déclenché. Et je dois avouer que j'aimerais bien jouer les déserteurs.

— Je t'ai dit de ne pas me raconter… ça ne me concerne plus.

— Et pourquoi vous ne partez pas ? demanda Elena.

— Le fric, ma belle, le fric. Avec toutes les chemises que vous me pourrissez, il faut bien que je les remplace !

Andrew s'esclaffa, faillit perdre l'équilibre et se rattrapa in extremis à la table.

— Je vous adore tous les deux, vous savez ça ?

— Tu m'en vois ravi. Bon, alors, qu'est-ce qu'on fait de Calamity Jane ?

— On ? répéta Andrew, avec surprise.

— Ben oui, dit-il avec évidence. Je suis embarqué dans l'affaire, moi aussi. J'aimerais bien aller lui casser la gueule à l'autre taré !

— Ouais, ben, si tu fais ça, le déserteur va vite se trouver avec l'armée du tsar aux trousses.

— Ça n'empêche ! On fait quoi alors ?

— On est allés voir la police. Dépôt de plainte, formalités et tout le toutim. Je ne sais pas trop ce que ça donnera, mais, maintenant, il faut faire en sorte que l'autre taré, comme tu dis, ne la trouve pas avant.

William passait la main sous son menton.

— Je veux pas faire le mec qui chipote, mais vu ce qu'il a fait à ta baraque, est-ce que, chez moi, ça craint quelque chose ? Parce que, quitte à devenir SDF, j'aimerais prendre les devants.

— On va partir, le rassura Andrew.

— C'est pas ce que j'ai insinué. Je vous soutiens quoi qu'il en soit, mais je voudrais savoir à quoi m'attendre.

— C'est un dingue ! fut la réponse simple et concise d'Elena.

— Ça a le mérite d'être clair. Alors, vous restez ici jusqu'à ton départ pour ton île de Robinson ? Et on avisera à ce moment-là. Ou tu l'emmènes chez toi ?

Elena protesta :

— Eh ! J'aimerais bien qu'on ne statue pas sur mon sort derrière mon dos ! J'ai mon mot à dire !

— On t'écoute, concéda Andrew. Tu proposes quoi ?

Elena fut gênée.

— Ben… je ne sais pas.

Andrew rit.

— D'accord. Alors, on reste chez Will, jusqu'à mon prochain vol. Si le cinglé a été coincé d'ici là, tu pourras retourner chez toi, sinon…

— Tu resteras chez moi jusqu'à ce qu'il soit coincé, termina Will.

Elena était touchée. Ces deux hommes qui ne connaissaient rien d'elle prenaient son destin à cœur, alors qu'elle ne leur apportait que des soucis. Elle sentait l'émotion monter en elle. Ils la défendaient, se mettaient en danger pour elle…

— Merci.

Sans prêter attention aux remerciements, Will continua :

— Mais attention, Miss Catastrophe, si tu me tapes trop sur les nerfs, je te mets dans un avion direction l'Île de Pâques, pour aller planter des cailloux dans son jardin.

Elle sourit entre ses larmes qui pointaient au coin de ses yeux. Andrew secoua la tête.

— Tu m'emmerdes, Will ! Mon île est bien plus accueillante que la Californie. Personne ne m'a cramé ma maison là-bas.

— Ils pourraient pas, avec tout ce qu'il flotte, l'incendie serait éteint dans les minutes qui suivent.

— T'es vraiment con !

Elena les écoutait, attendrie, se chamailler comme des enfants. Deux hommes qui se souciaient d'elle à leur façon. Il y avait longtemps qu'elle ne s'était pas sentie aussi bien.

Quelques heures plus tard, il ouvrit délicatement la porte de la chambre et vit Elena endormie. Elle avait une jambe en dehors des draps, qui laissait deviner un hématome sur sa cuisse. Se jugeant indiscret, à violer ainsi son intimité, Andrew s'éclipsa doucement.

Le lendemain matin, William descendit au parking. Il déverrouilla sa voiture avec son « bip », et alors qu'il posait une main sur la portière, une masse immense surgit de nulle part et le plaqua contre la carrosserie. Il sentit une lame peser sur sa trachée, et un homme cagoulé apparut dans son champ de vision.

— Qu'est-ce que vous voulez ? Du fric ? La caisse ?

Will était paniqué mais ne voulait pas le montrer. L'agresseur approcha son visage du sien et, avec un fort accent slave, lui souffla :

— Elena. Tu nous la rends. Elena. Sinon…

De son couteau, il fit mine de lui trancher la gorge. Il le relâcha, mais ce fut pour laisser la place à une ombre encore plus menaçante, qui, armée d'une barre de fer, le frappa sans pitié. Il s'effondra sur le bitume. Le mastodonte sembla se désintéresser de la victime à terre, incapable de se défendre, et s'attaqua à son véhicule. Il brisa le pare-brise qui explosa en mille morceaux. Will, par réflexe, se roula en boule sur le sol bitumé qui empestait l'essence et attendit que la tornade passe. Les éclats de verre plurent autour de lui, les bruits sourds résonnèrent dans le souterrain et… plus rien. Faire le mort ! L'était-il déjà ? Will doutait. Le silence, qui désormais régnait, le poussait à penser qu'il voguait déjà dans un autre monde. Sa vie se terminait-elle là ? Au milieu des taches d'huile d'un sous-sol, la gueule défigurée ? Piètre fin pour lui qui avait toujours rêvé de faste. Mais un frisson le parcourut : un semblant de vie ? Il contracta ses muscles et redressa la tête. La dernière chose qu'il vit ne fut pas la lumière blanche d'un destin funeste, mais la semelle d'une botte qui l'atteignit en pleine face.

Il ne sut exactement combien de temps il resta inerte, mais il finit par se relever. Il porta la main à son visage et réalisa qu'il était maculé de sang. Sa voiture, aux vitres explosées et à la carrosserie défoncée, n'était plus qu'une ruine qui méritait sa place à la casse. Difficilement, en titubant, en se retenant aux murs et à tout ce qui se trouvait à sa portée, il retourna à son appartement et frappa. Il ignorait où il avait mis sa clef. L'avait-il toujours d'ailleurs ? Andrew le reçut en ouvrant de grands yeux.

— Mon Dieu, Will ! Qu'est-ce qui t'est arrivé ?

Il le soutint jusqu'au canapé où il l'assit. Elena, qui arrivait à cet instant, poussa un cri.

— Tu es dans un de ces états, commenta Andrew. Qu'est-ce qui s'est passé ?

— Les chars de l'armée rouge me sont passés dessus, je crois.

— Oh non ! s'exclama Elena, d'un ton désolé.

— Et je vous raconte pas l'état de ma bagnole.

— On s'en fout un peu de ta bagnole, c'est plutôt ta carrosserie à toi qui m'inquiète, répliqua Andrew, en regardant le visage tuméfié de son ami.

Elena fila dans la salle de bains chercher de quoi le soigner. Elle revint immédiatement en protestant :

— Pas de désinfectant, de bandages, rien…

— Excuse-moi, mais j'ai pas l'habitude de me faire agresser chez moi.

— C'était qui ? Qu'est-ce qu'ils voulaient ? demanda Andrew, grave.

— Elena. Ils voulaient Elena.

La jeune femme frissonna. Est-ce qu'ils allaient la livrer ? Est-ce que Dimitri la récupèrerait ? Will continua :

— Au moins, on sait qu'ils vous ont suivis. Il faut se barrer d'ici vite fait. Vu ce qu'ils ont fait à ta baraque, à ma voiture et maintenant à ma gueule, je crois qu'on peut dire qu'on joue un jeu dangereux. Il faut partir ! diagnostiqua William, abandonné aux mains d'Elena, qui tentait de soigner ses plaies avec les moyens du bord : un peu d'eau, d'alcool pour désinfecter et de coton.

— Oui, on n'a pas le choix, conclut Andrew. Je suis désolé de te mêler à ça.

— Ça m'apprendra à te déloger de ton île.

Andrew ne put s'empêcher de sourire devant l'attitude de son ami, qui s'efforçait de prendre un ton détaché. Elena était navrée de causer tant de soucis. William le devina, et la rassura.

— T'inquiète pas, ça va stopper ma carrière de Dom Juan l'histoire de quelques semaines, c'est tout.

Elle lui adressa un regard reconnaissant. Elle avait compris que cela ne servait à rien de s'excuser, qu'ils ne la laisseraient pas, qu'ils ne permettraient pas à Dimitri de reposer la main sur elle. Andrew soupira. Ils ne s'étaient pas engagés dans une histoire simple.

William sortit du commissariat et s'engouffra dans la voiture de son pote en s'exclamant :

— Vive la police ! Quel bonheur d'être citoyen américain, j'vous jure !

— Qu'est-ce qu'ils t'ont dit ? demanda Andrew, en fronçant les sourcils.

— Rien. Ils s'en occupent. Et nous donnent un merveilleux conseil : « Mettez-vous au vert quelque temps ! » Un peu plus, ils m'expédieraient sur ton île ! Moi, au vert ? J'ai une tête à me mettre au vert ?

Andrew esquissa une grimace.

— Ben, là… tu as une tête à pas grand-chose.

— Au lieu de raconter des conneries, emmène-nous boire un remontant.

Il démarra et se fraya un chemin dans la circulation dense avant de se garer devant un café, un de ces établissements ouverts vingt-quatre heures sur vingt-quatre, qui dégageait le parfum des donuts et du bacon grillé. Will hésita une seconde, alléché par l'odeur des petits déjeuners, mais se rabattit, comme ses compagnons, sur un café allongé. Ils s'installèrent sur des banquettes en cuir, sans jeter un œil à l'écran qui diffusait un match de base-ball. Will annonça :

— L'inspecteur m'a dit que…

Son portable l'interrompit dans sa phrase, il décrocha nerveusement :

— William Peters.

Elena et Andrew virent alors son visage se fermer, il soupira.

— Ouais, ben oui, je suis en retard. Mais là, ne compte pas sur moi ce matin. Je sors du commissariat ! Je me suis fait agresser dans mon parking, si tu veux tout savoir.

Une serveuse venait d'apporter les boissons commandées au comptoir juste avant. Andrew lui adressa un sourire gêné comme pour excuser Will qui parlait un peu fort.

Will continuait :

— Ouais, ben, les clients, tu les gères ! Je ne viendrai pas, là ! N'insiste pas ! Si je bouge, c'est pour aller aux urgences, nulle part ailleurs. Bye !

Et il raccrocha.

— Tu disais ? demanda Andrew.

— Ouais, je disais que…

Le portable se mit de nouveau à sonner. William lui jeta un bref regard avant de décrocher.

— Quoi ? Comment ça où je suis ? Je prends un café avec des potes, ça te va ? Écoute, Carol, je ne suis pas en état là. Ne compte pas sur moi ! Débrouille-toi toute seule et, pour une fois, justifie ton salaire !

Il coupa la conversation en s'exclamant :

— Elle est pas vraie, celle-là ! Comme si j'allais aller bosser aujourd'hui !

Andrew touillait son breuvage brûlant dans lequel il n'avait d'ailleurs pas mis de sucre, avec un sourire en coin. Cela n'échappa pas à William.

— Rigole pas, Andy ! Rigole pas !

Le portable sonna une nouvelle fois. Andrew leva la main pour empêcher son ami de décrocher et s'en empara lui-même. Il répondit sur un ton mielleux :

— Andrew Garrison ! Oui, Carol, c'est moi… Oui, Will est avec moi, et, non, il ne viendra pas bosser aujourd'hui… Comment ça ? Ben, comment te dire… La tête de Will oscille entre Rocky et Frankenstein, je pense que ça fera mauvais genre pour tes clients. Alors, tu vas être gentille, arrête de le harceler, pose ton téléphone, bouge tes fesses et va t'occuper de tes clients comme une grande. Tu oublies Will. Tu l'oublies, OK ?… Quoi ?

Son sourire s'élargissait, alors qu'Elena et William percevaient les cris de Carol. Il continua :

— Oui, bonne journée à toi. Et moi aussi, je t'adore !

Il raccrocha, fier de lui. Will secoua la tête.

— Si tu m'as fait perdre mon boulot…

— Tu pourras toujours venir traire des lamas chez moi.

— Je suis sûr que tu as jubilé en la remettant à sa place.

Andrew se défendit.

— Moi ? Tu plaisantes ! Je n'ai fait ça que pour te rendre service.

— Ouais ! À d'autres ! Mais bon, tant qu'elle me fout la paix.

Elena se manifesta :

— Vous vous rendez compte de la façon dont vous parlez d'une femme ?

Andrew et Will tournèrent la tête ensemble vers elle et réagirent en chœur :

— Ouais, mais Carol… c'est Carol !

Et ils se tapèrent dans la main, complices.

— Bon, je disais…

— Vous êtes pitoyables ! coupa-t-elle.

— Non, mais je vais pouvoir parler, oui ! cria Will.

Elena leva les mains.

— OK, OK… On t'écoute.

— Quand même ! Donc, l'autre taré de Dimitri Porta je-sais-pas-quoi, en plus d'avoir cramé ta baraque, bousillé ma voiture et anéanti mes chances de devenir jeune premier, a dérobé pour des milliards de diamants. Tu le savais ?

Elena esquissa un signe d'ignorance.

— Il ne me faisait pas de confidences sur ses affaires.

Andrew en déduisit :

— Au moins, comme ça, quand ils l'auront chopé, ils ne le relâcheront pas de sitôt ! On va où, alors ? Parce que, là, ils n'avaient pas perdu notre trace. En Arizona, on aura un comité d'accueil. Vous avez une idée ?

Will haussa les épaules.

— Ben, faudra que je retourne bosser quand même.

Andrew secoua la tête.

— Ce n'est pas très prudent…

William soupira. Il savait que son ami avait raison. Elena proposa :

— Laguna Beach ? San Francisco ?

— Pourquoi pas Las Vegas, tant que vous y êtes ! lança, Will, morose.

— Oh oui, oh oui, Las Vegas ! cria Elena en battant des mains.

Andrew ne put s'empêcher de rire devant l'enthousiasme de la jeune femme.

— Alors, va pour Las Vegas !

V
California Dreamin'

En sortant du café, alors qu'ils s'apprêtaient à reprendre la route, William décrocha une nouvelle fois son téléphone et adressa une petite grimace d'agacement à son interlocuteur invisible.

— Quoi ?... Premier tiroir de mon bureau !... Non, je ne viendrai pas !... Quoi ? La facture ? Dans le dossier vert intitulé « factures ».

Andrew s'empara vivement de l'appareil et précisa au correspondant :

— Si tu veux un cappuccino, c'est la touche 3 du distributeur, et les toilettes, c'est la deuxième porte en haut de l'escalier ! Ciao, Carol !

Il raccrocha et rendit son bien à son ami, surpris, mais soulagé. Elena fronçait les sourcils.

— Je peux savoir pourquoi vous vous acharnez contre elle ?

William et Andrew échangèrent un regard. Après un silence de quelques secondes, Will éluda :

— C'est une longue histoire. Bon, on y va ?

— On y va, confirma Andrew avec un petit sourire triste.

Puis, il se reprit.

— Mais qu'on soit bien d'accord : on joue aux touristes jusqu'au jour de mon vol. Ou jusqu'à ce que les Russes soient coincés. Après, *adiós* ! Nos routes se séparent.

— Ben oui ! Faudra bien que j'aille bosser un de ces jours, moi ! Sinon, Carol va me retourner la boîte !

Andrew rit et émit une hypothèse :

— Elle serait capable de la vendre.

— Parle pas de malheur ! Allez, Miss Catastrophe, en route !

Il s'était approché d'elle ; elle recula, comme apeurée.

— Tu ne veux pas aller aux urgences ? Tu fais peur !

— Je ne suis pas une chochotte, moi ! refusa-t-il, en précisant : je suis un mec, un vrai !

— Qui a une tête à faire peur ! répéta Elena, en montant dans la voiture aux côtés d'Andrew.

William lui adressa une petite grimace et s'installa à l'arrière. Andrew démarra, et le téléphone sonna pour au moins la vingtième fois.

— Carol ! Tu fais chier !... Écoute, j'arrive ! annonça Will avant de lancer à Andrew :

— Tu peux me lâcher au bureau ?

Andrew se retourna avec stupeur.

— T'es sérieux ?

— Ben ouais ! Les documents qu'elle veut, c'est moi qui les ai !

— C'est malin ! Bon, ben, c'est parti pour Hollywood ! On n'est pas arrivés à Vegas, moi, je vous le dis !

Alors que le bolide filait, Elena s'était retournée et regarda William d'un air dégoûté.

— Tu n'es vraiment pas beau à voir !

— Alors, ne me regarde pas ! Et puis, c'est un peu à cause de toi, alors je la ramènerai pas à ta place !

Andrew sourit et sortit de la boîte à gant des lunettes de soleil qu'il tendit à son ami.

— Euh... c'est gentil ! Mais ça m'étonnerait qu'il y ait des paparazzis qui m'attendent.

— On sait jamais ! Et puis... ça m'évitera de voir ta tête chaque fois que je jette un coup d'œil dans le rétro.

— Hahaha ! T'es trop con, toi !

Pourtant, il chaussa les lunettes.

À mesure qu'ils approchaient de la société, Andrew devenait nerveux. Il s'arrêta à quelque distance, comme s'il souhaitait laisser les contraintes et les souvenirs loin de lui. Pour dissimuler son malaise à ses compagnons, il s'adressa à Will :

— Tu es vraiment sûr que tu veux y aller?

— Pas trop le choix. C'est moi qui ai la clef USB de la présentation.

— Te rendre là-bas avec ta tronche, tu crois pas que ça fout mal ?

William réfléchit et approuva :

— Oui, ça le fait pas.

Il lui tendit alors la clef et commanda :

— Vas-y, toi.

Andrew se mit à rire et refusa d'un geste.

— Ça va pas, non ? Je te rappelle que je suis libéré de toutes mes obligations.

— Allez, quoi ! Sois pas vache ! Ça va pas te tuer !

— Question de principe, insista Andrew sur un ton ferme.

William soupira.

— Quelle poisse d'avoir un ami qui a des principes !

— Je peux y aller, moi, suggéra Elena.

— Toi !? s'exclamèrent en même temps William et Andrew.

Elle haussa les épaules.

— Ben oui ! Il suffit de donner la clef. C'est dans mes cordes, je pense.

Ils se regardèrent, et Will, sans lâcher son bien, prévint :

— Tu feras ce que je te dis ?

— Oui, assura-t-elle.

— Tu laisses la clef à la réception pour Carol Cartwright et tu reviens tout de suite.

— Promis !

Il hésitait. Ne pas entrer dans l'arène avec sa gueule cassée et ne pas déclencher une foule d'interrogations, voire de rumeurs, qui envahiraient la presse, c'était quand même bien tentant. Envoyer son ami dans la fosse aux lions à sa place s'avérait inenvisageable. Elena, neutre, inconnue du milieu, représentait peut-être la solution. Andrew essaya de l'en dissuader.

— Je ne sais pas si c'est une bonne idée.

— Allez, il suffit de remettre une clef! Vous n'allez pas en faire toute une histoire !

— Avec toi, tout devient une histoire ! lança Andrew, gardant le souvenir de sa villa carbonisée, en tête.

— Je n'ai pas trop le choix, trancha William, et il lui tendit la clef.

Elle s'en empara et sortit de la voiture, toute guillerette d'avoir obtenu gain de cause.

— Tu le laisses pour Carol Cartwright et tu reviens, répéta William pour plus d'assurance.

— Oui, oui…

Elle n'écoutait déjà plus.

Andrew sourit et lança :

— Tu te rends compte que tu as confié ta présentation à Miss Catastrophe ?

Elena vint s'accouder au guichet de la réception entre deux grands vases garnis de lys blancs et salua avec un sourire chaleureux.

— Bonjour, j'aurais voulu voir Carol Cartwright.

— Bonjour, mademoiselle. Vous avez rendez-vous ?

— Non, j'ai quelque chose à lui remettre. De la part de William Peters et Andrew Garrison.

— William et Andy ? Vous pouvez nous le laisser, on lui remettra.

Elena refusa.

— Non. C'est confidentiel. Je ne dois le remettre qu'à Carol Cartwright.

La réceptionniste hésita, puis, devant l'air déterminé de la visiteuse, décrocha son téléphone.

Peu de temps après, Elena vit arriver par l'ascenseur une belle femme, distinguée, savamment maquillée et coiffée. Elle ressemblait à une star de cinéma, qui s'approchait comme elle l'aurait fait pour une remise de prix.

— Où est William ? demanda la diva, sans prendre le temps de saluer la nouvelle venue.

— Bonjour, corrigea Elena. Will est en chemin pour les urgences.

— Et Andy ?

— Il n'a pas envie de venir vous voir, je ne sais pas trop pourquoi. Mais j'ai ça pour vous.

Elle tendit la clef.

— La présentation. Dieu soit loué ! Mais, vous êtes qui ?

— Elena Pietrakovitch. Une amie… d'Andy et Will. Je souhaitais juste vous voir. Bonne journée, et bonne présentation !

Et Elena, d'un pas léger, quitta le bâtiment. Elle rejoignit la voiture et annonça triomphalement :

— Voilà, c'est fait ! On peut aller à Vegas !

Andrew avait démarré, et Elena continua avec admiration :

— Au fait, elle est belle !

— Qui ça ?

— Carol ! Qui d'autre ?

Andrew freina et se gara sur le bas-côté, sans se préoccuper de la circulation dense.

— Tu as vu Carol ?

— Oui, dit-elle avec évidence.

Will se passa la main sur le visage.

— Je t'avais dit de laisser la clef à la réception. Pas de faire du zèle !

— Qu'est-ce que tu lui as dit ? demanda Andrew, méfiant.

— Rien. Je voulais juste voir à quoi elle ressemblait. Elle est très belle !

— Tu ne peux pas t'empêcher de faire n'importe quoi, toi !

— Hé ! Je t'ai rendu service, là. J'ai remis ta foutue présentation. Tu devrais me remercier ! Qu'est-ce qu'elle vous a fait, Carol ?

— Occupe-toi de tes affaires au lieu de fouiner dans celles des autres ! lança Will.

Plus doucement, Andrew ajouta :

— Cela ne te regarde pas.

Elena croisa les bras sur sa poitrine en soupirant, déçue de ne pas connaître le secret de ses compagnons. Il remit le contact, s'engagea plus sagement sur la route et prit la direction de l'autoroute. Le silence régnait dans le véhicule. Ce fut Andrew qui le brisa.

— À force de te mêler des affaires des autres, tu vas t'attirer des problèmes, prévint-il pour revenir sur l'incident.

Will corrigea :

— Euh… j'veux pas dire, mais, pour le moment, c'est nous qui les avons, les problèmes.

Cet état de fait amusa Andrew, son ami n'avait pas tort.

— Vous me gardez quand même ? demanda la jeune femme d'un ton suppliant.

— Oui. Même si ce n'est pas de tout repos avec toi, lui assura Andrew.

— Si vous me disiez pourquoi vous en voulez à Carol…

Le regard qu'ils lui lancèrent lui fit ravaler ses paroles.

— D'accord, je ne demanderai plus… C'est encore loin, Vegas ?

— Trop loin ! répondirent-ils, en pensant à la distance qu'ils devraient parcourir en sa compagnie.

La voiture avalait les kilomètres sur l'autoroute dans un silence absolu. William semblait somnoler sur le siège arrière, ses yeux dissimulés derrière ses lunettes de soleil ; Elena, le visage contre la vitre, paraissait perdue dans ses pensées. Andrew se demandait à quoi elle songeait pour que ce petit air nostalgique flotte sur ses traits.

— Elena ?

Elle tourna la tête vers lui. Ne quittant pas la route du regard, il demanda :

— Comment tu as fait pour te retrouver avec ce Dimitri ?

— Je travaillais pour lui. À Saint-Pétersbourg.

— Tu faisais quoi ?

— Serveuse. Dans un bar. Il possédait des tonnes d'établissements.

— Et…

— Et rien. Ces bars servaient de couverture pour des transactions clandestines. Je me suis retrouvée dans les arrière-salles à servir de la vodka, du champagne, à allumer des cigares…

Elle s'était tue. Andrew tentait de déchiffrer les sentiments qui passaient sur ses traits mais il ne décelait rien. À l'arrière, William avait baissé ses lunettes et écoutait, attentif.

— Il te… enfin, déjà ?

— Non. Il était gentil. Je savais que ce n'était pas bien, je ne cautionnais pas mon travail, mais je gagnais bien ma vie. J'ai pu mettre pas mal d'argent de côté et j'ai pu envoyer ma mère aux États-Unis. Et puis, son trafic a été découvert. Il a tout plaqué, a fui vers les États-Unis avec ses hommes de main… et m'a emmenée. C'est là que ça a commencé…

— Tu l'aimais ?

Ses yeux se mirent à briller, des larmes y perlaient lorsqu'elle répondit :

— Non. Il m'a forcée à l'aimer.

Andrew ne savait que dire. Dans la maison voisine de la sienne se déroulait un drame. Et lui n'avait pas réagi… Il l'ignorait bien sûr, absent trop longtemps, mais les rares heures passées là, pendant lesquelles il avait laissé les choses se faire, lui donnaient comme un arrière-goût de culpabilité. Combien de drames l'ignorance, l'égoïsme ou le mutisme couvraient-ils ?

Elena s'efforça de sourire.

— Si on mettait un peu de musique ? C'est pas gai, ici !

Elle alluma le lecteur, la musique retentit, et elle s'exclama, surprise :

— C’est quoi ça ?

William se passa les mains sur le visage, désespéré, en répondant :

— Kate Bush ! Franchement, Andy, tu écoutes encore ça ?

Il rit.

— Oui. Et alors ? J’aime bien…

— La route va être longue, je le sens !

Andrew rit de plus belle et échangea un regard complice et bienveillant avec Elena. Elle se sentait bien.

Ils s’étaient arrêtés pour faire le plein d’essence, laissant cette tâche, et son règlement, à Andrew. William s’était éclipsé et en avait profité pour aller se prendre un café. Alors qu’il était attablé, Elena vint le rejoindre et s’installa face à lui. Il restait silencieux à la regarder. Il aurait pu détailler les autres voyageurs, le contenu des distributeurs de friandises, suivre du regard les allées et venues des « toilettes-clopes », mais non, il avait dirigé toute son attention sur la jeune russe, comme s’il cherchait à décoder un mot de passe qui lui donnerait accès à tout ce qu’elle taisait. Elle stoppa immédiatement cet examen minutieux.

— Arrête ça ! Dis ce que tu as à dire !

— J’ai rien à dire.

— Vas-y ! Tu penses que je ne suis qu’une traînée ? Que je mérite bien ce qui m’est arrivé ?

— Ça va pas la tête ?! T’es malade de dire ça ! Tu me prends pour qui, à la fin ? Je ne suis pas une brute, je ne suis pas insensible et je ne suis pas un sale type.

— Alors, arrête de me regarder comme ça.

— Tu veux que je te dise ? Tu veux vraiment savoir ce que je pense ? Ton mec, c'est un salaud, une ordure de première. Pour ce qu'il t'a fait, je le ferai empaler, couper en petits morceaux et brûler vif. Je te jure ! Et toi… Je voudrais juste que tu n'aies pas vécu ça. Que tu oublies. Et que ça ne se renouvelle jamais. Je ne te juge pas. Et malgré ton foutu caractère, c'est toi la victime. Et je te promets, je ferai tout pour que ça ne recommence pas.

Ils se mesuraient du regard. Elle baissa les yeux la première.

— Ça veut dire que… tu ne me détestes pas ?

William soupira.

— Ça veut même dire que… je t'aime bien.

Elle ne souriait pas, mais son regard avait changé. Elle avait tellement peur du jugement des autres, de ce qu'ils pensaient d'elle, de sa vie ratée, de cette soumission qu'elle avait dû adopter, de ce sentiment d'infériorité qui l'étouffait. Mais ce n'était pas ce que William décelait chez elle, et cela la rassurait. Il l'aimait bien. Elle en était heureuse.

Andrew arriva et les coupa dans leur échange :

— Alors, de quoi vous parlez ?

— De Kate Bush ! On cherche un moyen de s'en débarrasser.

Elena rit, de ce rire aux intonations particulières, et William lui sourit. Andrew fronça les sourcils. Que s'était-il passé le temps du remplissage du réservoir ? Qu'est-ce qui avait pu créer cette complicité soudaine ? Juste un café ?

Ils avaient repris la route. Elena s'était déchaussée et avait posé ses pieds sur la boîte à gants avec une certaine décontraction.

— Ça va, tu prends tes aises, fit remarquer Will, entre deux coups de fil.

— Tu pourrais pas déscotcher de ton portable deux secondes, non ? lança Andrew. Profite du paysage.

— Du paysage ? Tu crois que j'ai le temps de jouer au touriste ? Je bosse, moi ! Il faut bien que quelqu'un gagne sa croûte, les enfants.

— Ouais, mais tu me stresses là.

— Le stress, mon vieux, on me l'injecte tous les jours par intraveineuse.

— Toi, peut-être, mais, moi, j'ai fini ma cure de désintox il y a plus d'un an…

William rit.

— Tu as peur de replonger ?

— Regarde le paysage ! C'est pas beau, ça ?

Will haussa les épaules.

— Le désert ? Déprimant !

— Tu n'es jamais content, toi ! Si tu n'as pas tes boutiques de luxe, une autoroute en bas de chez toi et une femme à chaque bras, tu es perdu ! lança Elena.

— Exactement ! Et j'assume.

Andrew avait quitté l'autoroute et s'était engagé sur une route secondaire bordée de cactus. Elena s'extasia :

— J'avais jamais vu de cactus !

Andrew lui adressa un sourire, heureux qu'elle soit sensible aux beautés qui l'entouraient. Will contrefit sa voix :

— J'ai jamais vu de cactus ! pfffff !

— Bon, Will, t'as fini avec ta mauvaise humeur ? lui reprocha Andrew.

— Ma mauvaise humeur ? À croire qu'il n'y a que moi qui ai conscience des choses ! Ta baraque a brûlé, ma bagnole a été défoncée, ma gueule pareille, et on a avec nous la femme d'un magnat de la pègre russe ! Alors, excusez-moi si je me concentre sur autre chose que sur le paysage !

Pour ne plus l'entendre, Elena tourna le bouton de la radio, et résonna alors dans l'habitacle « California Dreamin' », qu'elle reprit en chœur, tandis que Will s'avachissait un peu plus à l'arrière. Andrew regardait, ravi, le spectacle d'Elena qui, peu impactée par les marmonnements de Will et en dépit de la situation, pétillait de vie.

VI
Dérapages contrôlés

Sur la route bordée de sable, de rocaille et de cactus, Andrew ralentissait. Un détail à l'horizon le troublait : une Range Rover était garée non loin, en travers du bitume désert. Elena, également interpellée, oublia une seconde la splendeur du panorama, fronça les sourcils et se redressa sur son siège, méfiante. Will, somnolent, émergea.

— Qu'est-ce qu'il se passe ?

Andrew ne répondit pas. Saisi d'un pressentiment, il jeta un coup d'œil derrière lui. Personne. Mais, devant, un homme venait de sortir du véhicule qui faisait barrage. Elena blêmit.

— C'est Dimitri !

Andrew stoppa net dans un crissement de pneus et entama une marche arrière. Le Russe remonta vivement dans sa voiture et partit dans leur direction.

— Attends, Andy, c'est l'occasion de le démolir ! suggéra Will.

— Ouais, ben, appelle la police plutôt ! le contredit Andrew, toujours à reculons, le pied écrasant la pédale de l'accélérateur. Que ton portable serve vraiment à quelque chose !

Il braqua alors vivement, mordit le bas-côté et dérapa dans un nuage de poussière.

— Doucement ! hurla Elena.

Sans prêter attention au cri de la jeune femme, Andrew repartit à fond la caisse sur la route désertique, tandis que William parlait à la police.

— J'espère qu'ils vont se magner le cul ! lança ce dernier, en ne quittant pas du regard le poursuivant à leurs trousses.

Sans aucun respect des limites de vitesse, ils se retrouvèrent sur l'autoroute. Andrew conduisait sans un mot, nerveux, concentré. Il slalomait entre les véhicules. Elena, paniquée, s'accrochait à son siège, craignant une collision brutale. Après une bonne dizaine de miles, Andrew emprunta la sortie et s'engagea sur une petite artère.

— On les a semés, lui assura William.

Elena sembla mieux respirer, mais déclara, fatale :

— Ils nous ont retrouvés…

— Tu crois ? ironisa Andrew. Je me demande quand même comment ils ont fait.

— Dimitri a des hommes de main partout. Il sait tout.

— Eh ben ! Faut croire qu'il tient à toi ! Sérieux, Andy, tu trouves qu'il a toujours autant de charme, le paysage ?

L'intéressé ne répondit pas, préoccupé. Ses yeux braqués dans le rétro, il s'assurait que personne ne les suivait. Lorsqu'ils eurent roulé une bonne heure ainsi dans le désert, il prit la décision de s'arrêter dans le petit restaurant qui émergea dans son champ de vision, tel un mirage. Pour se remettre de ses émotions, pour se calmer les nerfs et détendre ses muscles contractés par une conduite sportive. Et peut-être aussi pour satisfaire une soif que la chaleur du lieu avait causée. Il n'y avait pas de parking, alors il se gara dans le sable, à côté d'une vieille pompe à essence des années 50, hors d'usage. Une tumbleweed passa tout près. William, qui venait de s'extirper de la voiture, ouvrit de grands yeux.

— Je ne savais pas qu'on avait autant roulé ! On est déjà au Texas ?! On va assister à un rodéo ?

Andrew ne s'étonna pas de cette remarque. Will possédait cette faculté de minimiser les événements, de cacher ses pensées profondes et ses malaises derrière un humour discutable. Mais Andrew n'était pas dupe. Il savait que la course poursuite l'avait secoué, cependant, il joua son jeu :

— Eh non ! Tu découvres juste les coins reculés de la Californie, précisa-t-il, en s'étirant.

— Ouais, ben, je comprends que ça reste reculé. C'est quoi ce resto ? L'auberge du bonheur ? Ou le décor qui a servi à *Psychose* ?

Elena se dirigea vers lui et lui attrapa le bras.

— Allez, arrête de râler. Viens. Moi, j'ai faim.

Elle l'entraîna dans le restaurant. Andrew les suivit à quelque distance, perdu dans ses pensées. Peut-être qu'Elena avait cette même faculté, celle de masquer ses problèmes derrière des futilités.

Ils étaient attablés dans l'établissement très typique : un grand mur en pierre leur faisait face, où trônait une immense cheminée, agrémentée d'une tête d'élan. Un peu partout, des bois, des trophées ou des tableaux de chasse étaient suspendus, et une bonne odeur de viande rôtie flottait dans l'air. William souffla à ses amis :

— Ils servent quoi, vous pensez ? Du crotale rôti ?

Elena secoua la tête, blasée. Andrew, lui, toujours dans ses pensées, observait Elena en coin. Elle le remarqua.

— Quoi ?

— Il y a une chose qui m'intrigue. Ce n'est pas l'amour qui l'étouffe, ton Russe, alors pourquoi il te poursuit ?

Elle devint grave.

— Je te l'ai déjà dit. Il ne veut pas que je le quitte. Il est comme ça ! Il faut lui vouer fidélité.

Elle tourna la tête, Andrew n'insista pas. Mais il y avait quelque chose qui le chiffonnait. Will désamorça le malaise en lançant :

— Tu nous avais caché tes talents de pilote de rallye.

— Faut croire, oui.

— Vous vous connaissez depuis longtemps ? interrogea Elena, comme si elle souhaitait créer une diversion.

— Trop ! fit Andrew. On était au collège ensemble.

— Puis on a commencé à bosser ensemble, compléta William. Avant qu'il me lâche !

— Finalement, la production, c'était pas mon truc ! admit Andrew.

Elena plissa les yeux, curieuse.

— Et… Vous êtes restés tous les deux célibataires ?

— Will a une liste de conquêtes aussi longue que la Constitution américaine ! confessa Andrew, en riant et mettant de côté pour un moment ses interrogations.

— Ça ne m'étonne pas ! le taquina Elena, pétillante de malice, avant de se retourner vers Andrew. Et toi ?

— Moi… rien.

— Personne n'a jamais partagé ta vie ? insista Elena.

— Si ! répondit Will, à sa place. Andrew lui lança un regard mauvais.

William ne se laissa pas impressionner et, se baissant sur la table pour parler plus bas, il avoua :

— Il a passé de longues années avec Chikun !

Andrew se cacha le visage dans les mains, en protestant :

— Non ! Pas ça !

— C'est quoi, Chikun ?

— Andy, parle-nous de Chikun ! Tu fais ça si bien !

À moitié gêné, et moitié-amusé, il avoua :

— Chikun, c'était mon lézard.

— Beurk ! lâcha Elena avec dégoût.

Will, moqueur, continua :

— Et vas-y, parle-nous d'Otsie !

— C'est quoi, ça ? Un serpent ?

— Une veuve noire ! corrigea Will.

Elle se tourna vers Andrew.

— Sérieux, tu avais un lézard et une araignée ?

— Ben… ouais, dut-il reconnaître.

— Je ne m'étonne plus que tu sois célibataire, alors ! Beurk !

Andrew songea qu'il valait peut-être mieux rester célibataire et s'octroyer la compagnie de reptiles, plutôt que de se retrouver à écumer les routes du Nevada avec une partie de l'armée russe à ses trousses. C'était… plus reposant.

William continua sur sa lancée :

— Et tu sais pas la meilleure ? Tu sais qui disait que…

— Ferme-la, Will ! ordonna Andrew

— Quoi ? tu disais quoi ? insista Elena, titillée par la curiosité.

— Je lui en parle ? demanda Will, une lueur narquoise dans les yeux.

— T'as pas intérêt. Et puis, j'avais vingt ans ! se défendit-il.

— Biiiip ! fit Will, en appuyant sur un buzzer imaginaire. Tu avais vingt-trois, vingt-quatre, voire vingt-cinq ans !

— Bon, d'accord ! Mais on en a tous raconté, des conneries, dans sa jeunesse !

— Oui, mais quoi ! s'exclama Elena. Tu disais quoi ?

Andrew, sans l'éclairer sur ce point, frappa des deux mains sur la table.

— Bon, ça y est ! C'est fini ! C'était la saint Andy aujourd'hui ou quoi ?

Will se mit à rire.

— Tu as raison. C'est assez pour aujourd'hui. Je garde le reste au chaud pour un autre jour !

Elena ne quittait pas Andrew du regard.

— Quoi ? s'enquit-il.

— Tu avais dit quoi ?

Andrew soupira, mais ne répondit pas. La route serait longue !

Après s'être restaurés de banals sandwiches qui ne satisfirent pas les envies de mets exotiques de Will, ils rappelèrent la police pour savoir si Dimitri se trouvait hors d'état de nuire. Malheureusement, ils apprirent que ce dernier courait toujours. Les autorités suggérèrent aux trois compères de se tenir sur leurs gardes et de les informer si jamais ils avaient du nouveau. « Ils veulent pas aussi qu'on fasse leur boulot ?! » avait maugréé Andrew. S'ensuivit alors une discussion sur la suite de leurs tribulations. « Vegas ! » avait crié Elena, « Mon île » avait pensé intérieurement Andrew. Will s'était abstenu, n'ayant d'autre option que de squatter les locaux de sa société. Ils optèrent donc pour passer la nuit dans un hôtel, la journée ayant déjà réservé son lot d'émotions. C'était un petit motel sans prétention, entouré de sable et de résineux. Ils n'avaient d'ailleurs pas trop le loisir d'être exigeants, car c'était l'unique établissement à des miles à la ronde. Même pas de piscine pour se rafraîchir, seul un distributeur de glaçons dans le couloir offrait ce service. Will avait grimacé quelque peu, le luxe des palaces lui manquait, mais il s'était tu et avait foulé la moquette usée jusqu'au bar, en espérant pouvoir se donner du courage avant d'affronter la morosité de sa chambre. Andrew, lui, avait escorté Elena jusqu'à la sienne, et après un regard et un sourire reconnaissant, Elena avait doucement refermé derrière elle. Andrew resta quelques instants dans le couloir, à observer la porte close. Il soupira, et les mains dans les poches s'en retourna. Il rejoignit William au bar. Son ami, assis sur un haut tabouret, devant un verre, raccrocha son téléphone à son approche.

— Toujours pendu au téléphone.

— Il faut bien. J'ai pas démissionné, moi.

Andrew se pencha et tenta d'identifier ce que contenait le verre.

— Martini-gin ! le renseigna Will. Tu en veux un ?

Il refusa d'un signe négatif de la main, en remarquant :

— Eh ben ! Tu ne te refuses rien.

— Si je te racontais ma journée, tu comprendrais.

Il rit en s'installant près de son ami.

— Je crois que la mienne ne vaut pas mieux.

— Tu rigoles ? À l'heure qu'il est, tu devrais mourir d'ennui sur ton île. Là, tu as de l'action.

— Je ne suis pas un homme d'action, déclara Andrew, sérieux.

William éclata de rire.

— À d'autres ! Tu ne t'es pas vu conduire comme un pilote de formule 1 !

Will prit entre ses mains un volant fictif et fit semblant de conduire, en continuant :

— Marche arrière, dérapage contrôlé, slalom… trop pro ! Tu m'as impressionné !

Andrew n'esquissa qu'un léger sourire. William se calma et demanda :

— Elle va bien ?

— Je crois, oui.

— Bon. Ça ne doit pas être facile pour elle.

Andrew opina du chef. Will avait bien remarqué les efforts de la jeune femme pour masquer ses peurs. Son ami, l'air de rien, savait percer le cœur des gens. Il prit le parti de dévoiler ses préoccupations.

— Will, il n'y a rien qui te dérange ?

— À part les bleus que j'ai sur la face, non…

— Je parle pas de toi, mais d'Elena. Ça ne te choque pas, son histoire ?

— Ben… je dois t'avouer que, après que ta maison a cramé, que ma voiture a été démolie, qu'on s'est fait poursuivre… il en faudrait beaucoup plus pour me choquer.

Andrew ne releva pas. Songeur, les traits fermés, il continua :

— Justement. Pour une dispute d'amoureux, je trouve que ça va un peu loin.

— Ils étaient pas amoureux. Tu ne l'as pas écoutée ou quoi ?

— Raison de plus ! Attends, elle le quitte ; qu'il soit furax, je le conçois. Qu'il la poursuive dans la rue, je veux bien. Qu'il incendie ma baraque, je peux encore le comprendre ; mais qu'il te pète la gueule, qu'il nous poursuive jusqu'au milieu de nulle part à la manière du KGB, qu'ils s'y mettent à plusieurs en plus ! Là, il y a un malaise !

— Oui, c'est vrai… mais il doit être possessif, le Dimitri.

— À ce point-là, c'est plus possessif ! C'est de la folie pure !

William haussa les épaules.

— Peut-être que, en Russie, ils ont des mœurs spéciales, du style : « Tu casseras la gueule de celui qui héberge ta femme et tu péteras sa bagnole en prime !»

Andrew ne semblait pas convaincu. Will voulut se montrer rassurant.

— On s'en fout de toute façon. On ne laissera pas l'autre taré mettre la main sur Elena. Il n'y a que ça qui compte. On en a la responsabilité.

— C'est sûr !

— Alors, tu veux un verre ou pas ?

Andrew secoua la tête :

— Non merci.

— Bon, moi, j'ai encore quelques coups de fil à donner.

— Tu ne t'arrêtes jamais !

— Eh non ! Tu ne te souviens plus que nos journées comptaient vingt-huit heures, et non vingt-quatre ?

— Je dois t'avouer que c'est loin tout ça.

— Tu me laisses appeler… ou tu veux parler à Carol ?

Andrew rit jaune.

— Je vais te laisser !

Il s'apprêtait à quitter le bar, mais revint sur ses pas.

— Pourquoi elle n'a pas été virée ?

La réponse de William fusa, évidente.

— Parce que celui qui pouvait la virer a préféré se barrer à l'autre bout du monde.

Andrew lui fit un signe de la main et s'éloigna, tandis que William composait un numéro.

Andrew hésitait. Il avait serré le poing, prêt à frapper, mais se retint. Il prit une grande inspiration, son courage à deux mains, et donna quelques coups. La porte s'ouvrit, il s'excusa :

— Pardon de te déranger, je venais juste voir si…

Il s'arrêta subitement et s'exclama :

— Mais… mais tu pleures ?!

Sur les joues d'Elena se dessinaient des traînées de larmes. Elle ravala un sanglot, avant de demander :

— Qu'est-ce que tu veux ?

Il se trouva déstabilisé devant la jeune femme en pleurs. Le cœur serré, il ne savait que faire. Elle n'avait pas l'air de désirer qu'il s'implique dans son chagrin. Il l'avait dérangée dans son intimité et sa faiblesse. Il bredouilla :

— Je… je… je venais voir si tout allait bien…

— Ça va, dit-elle, froidement.

— D'accord. Je te laisse. Je… si tu as besoin de quelque chose… n'hésite pas.

Elle ne répondit pas et referma son antre. Il ferma les paupières et inspira à fond. Il ne voulait pas la voir triste, il se sentait si impuissant… Il regagna sa chambre, se jeta sur le lit, les bras repliés sous la nuque, et alluma la télé. Les images dansaient devant ses yeux. Un western. Mais ses pensées s'échappaient vers la chambre voisine où une jeune femme pleurait.

Il avait froncé les sourcils. C'était très léger. Il avait même cru rêver, mais non… on avait frappé. Andrew se leva, ouvrit et se trouva devant Elena. Elle le regardait avec deux grands yeux mouillés. Elle se tenait là, avec tout le malheur de sa vie. Il s'écarta pour l'accueillir. Alors, les larmes coulèrent sans retenue.

— Non… je t'en prie, ne pleure pas…

Elle se jeta à son cou et laissa libre cours à sa détresse. Il la serra contre lui et referma la porte avec le pied. Après l'avoir gardée quelques instants accrochée à lui, en respirant le parfum de ses cheveux et du grain de sa peau, il réussit à la détacher de lui et lui prit le visage entre ses mains.

— Ne pleure pas… je ne veux pas te voir pleurer… ne pleure pas…

Elle lui présentait ses joues humides, son regard brillant de larmes, il ne put se retenir. Avec délicatesse, il approcha ses lèvres des siennes et l'embrassa. Immédiatement, il se rendit compte de son geste et l'éloigna de lui.

— Je suis désolé… je ne voulais pas… ça a été plus fort que moi ! Pardon !

Il tournait en rond, maudissant son geste, d'avoir profité de son chagrin. Elena était restée sur place, les bras ballants. Puis, elle avança doucement vers lui, se dressa sur la pointe des pieds et lui déposa un baiser au coin des lèvres. Il l'attira à lui lentement, et leur échange fut langoureux. Ils se laissèrent aller sur le lit, alors qu'à la télé résonnait la voix de John Wayne.

Lorsqu'Elena s'éveilla, le jour s'était levé. À côté d'elle, la place d'Andrew était vide. Rêveuse, elle caressa le drap où il avait dormi. Elle n'aurait jamais imaginé qu'elle passerait la nuit avec son voisin. Elle entendit l'eau qui coulait dans la salle de bains. Nue, elle se leva et ouvrit tout doucement la porte. À travers la paroi en verre fumé se dessinait la silhouette d'Andrew. Elle voulut sortir, puis se ravisa. En silence, elle pénétra sous la douche et posa ses mains sur son torse. À son contact, il réprima un mouvement de surprise, mais sourit. Il se retourna vers elle et la contempla. Elle, l'imprévu de sa vie, au corps et au cœur meurtris. Il ne l'attendait pas, mais elle était là, et depuis qu'elle s'était invitée dans sa voiture, elle squattait le moindre recoin de ses pensées jusqu'au creux de ses bras. Elena… L'eau qui sortait de la paume de douche glissait sur eux. Il l'embrassa. Et peu à peu, la buée emplit la pièce.

Ils arrivèrent ensemble au restaurant pour le petit déjeuner. Déjà présent et attablé devant café et viennoiseries, William les détailla du regard, esquissa une moue et lança alors qu'ils s'asseyaient :

— Ça va ? Vous n'avez pas perdu de temps.

— Comment ça ? demanda Andrew, en fronçant les sourcils.

— Arrête ! Vous avez passé la nuit ensemble, c'est ça ?

Elena et Andrew échangèrent un regard. Ce dernier répondit :

— Je ne vois pas en quoi notre emploi du temps nocturne te concerne et j'estime n'avoir aucune raison de te faire un rapport sur mes nuits.

William secoua la tête, se leva en prétextant :

— J'ai des coups de fil à donner. Bon appétit !

Et il s'éclipsa de l'hôtel.

— Mais qu'est-ce qu'il lui prend ? s'étonna Andrew, puis, haussant les épaules, passa à autre chose.

Café, pancakes et sirop d'érable, voilà de quoi affronter cette nouvelle journée qui promettait d'être aussi riche en événements que la veille. Avec un sourire gêné, Elena s'excusa :

— Je reviens…

Il la regarda partir, encore plus surpris. Mais qu'avaient-ils donc ce matin ? Pour lui, les choses allaient plutôt bien. Il n'avait pas pensé que ça pourrait arriver, mais Elena avait fait chavirer toutes ses convictions. Non pas qu'il soit insensible aux femmes, loin de là, mais la femme qu'il cherchait n'avait aucune des caractéristiques d'Elena. Cette dernière était simple, un peu excentrique, elle tapait sur les nerfs, mais avait un charme fou et inexplicable. Il s'était attaché à elle ce jour où il l'avait vue, seule et perdue, à l'arrêt du bus. Son séjour à Los Angeles ne se déroulait pas du tout comme il l'avait prévu, mais cela ne lui déplaisait pas… loin de là.

Elena avait rejoint William devant l'hôtel où il faisait les cent pas entre les chargements de bagages qui attendaient de regagner les chambres de leurs occupants.

— Will ?

Il s'arrêta et la regarda.

— Tu m'en veux ? demanda-t-elle, avec une voix malheureuse.

— Pourquoi t'en voudrais-je ?

— Je ne veux pas te faire de peine. Il s'est trouvé qu'Andy…

— Tant mieux pour vous, coupa-t-il.

— Will…

— Qu'est-ce que tu veux que je te dise ? Que j'aurais préféré que ce soit moi à sa place ? OK ! J'avoue ! Mais je suis un grand garçon, je vais m'en remettre. Et je vous souhaite tout le bonheur du monde.

Il avait la mine boudeuse, désappointée. Elle s'avança vers lui, noua ses bras autour de son cou et l'embrassa sur la joue.

— Je t'aime beaucoup, moi aussi.

Doucement, il se retira de son étreinte, mais ébaucha un sourire.

— Ça me fait une belle jambe, tiens !

Il rit presque en énonçant une évidence :

— En fait, je mènerai une vie plus tranquille sans ma Calamity Jane.

Elle hocha la tête, ravie qu'il retrouve sa bonne humeur. Il continua :

— Dis… si j'avais eu une gueule potable… nous deux…

Elle éclata de rire.

— Will, je t'adore !

Il sourit, séduit par son rire joyeux. Elle lâcha enfin :

— Bon, je te laisse passer tes coups de fil.

Il montra son téléphone et avoua :

— J'ai personne à appeler. C'était un prétexte.

— Tu n'as pas besoin de prétextes avec moi, tu sais.

Elle lui prit le bras et entra dans le hall de l'hôtel à ses côtés.

VII
Tout ce qu'on fait, et tout ce qui ne se dit pas

Ils avaient repris la route. Andrew notait, dans son rétroviseur, les regards complices que William et Elena échangeaient. Cela l'intriguait. Andrew se demandait ce qu'ils s'étaient dit, pour être revenus ainsi, bras dessus, bras dessous, quelle était la formule de cette magicienne pour redonner le sourire à son ami. Il réalisait qu'il ne pouvait plus se passer de la présence d'Elena, en dépit de tous les chamboulements qu'elle amenait avec elle. Il ne savait pas ce que l'avenir leur réserverait, mais il était hors de question qu'il se sépare d'elle. Pas comme ça, pas après ce qu'ils vivaient. Andrew visualisa un bref instant la silhouette de la jeune femme dans le cadre de son île, et dut reconnaître qu'elle se confondait avec le milieu… comme si elle y avait toujours vécu. Il chassa vite ce songe. C'était trop rapide, peu raisonnable, car la jeune Russe était… imprévisible.

Ils roulaient depuis un bon moment quand le véhicule ralentit et fit une embardée sur la droite qu'Andrew eut du mal à contrôler. Il abdiqua et s'arrêta.

— Qu'est-ce qu'il se passe ? le questionna Will.

Sans répondre, Andrew descendit de voiture, vérifia le pneu avant, y donna un coup de pied en lançant, énervé :

— Et voilà ! On a crevé !

— C'est grave ? demanda Elena, innocente.

— Dans la mesure où il fait 45° et qu'on a une partie de l'armée rouge aux trousses, oui, c'est grave !

— Il suffit de changer le pneu ! suggéra-t-elle.

— Tu te proposes pour le faire ? demanda Will.

— Moi ? Mais j'y connais rien !

— Alors, abstiens-toi, avec tes « Il suffit de », conseilla William, en rejoignant le conducteur sur le bitume. Allez, Miss Poisseuse, descends de là !

Elle obéit, et ils se retrouvèrent tous les trois sur le bas-côté, à contempler le pneu crevé. Elena jugeait cette scène un peu surréaliste, comme s'ils attendaient que cela se répare tout seul.

— Qu'est-ce qu'on fait alors ? demanda-t-elle, ne comprenant toujours pas pourquoi les deux hommes semblaient dubitatifs sur la conduite à tenir.

— On va le changer, se décida enfin Andrew.

— Il me semble qu'effectivement c'est la meilleure solution, répliqua Elena ironique.

Mais personne ne prit garde à sa remarque.

Andrew ouvrit le coffre, sortit les bagages qu'il déposa sur la route, et extirpa la roue de secours et les outils. Il commença à démonter les écrous sous le regard attentif de ses compagnons d'infortune. Se lassant vite du spectacle, Elena alla s'asseoir, s'adossant à un sac. Un peu désœuvré, Will vint la rejoindre et l'imita. Andrew leur jeta un regard lourd de reproches. Personne ne lui proposait son aide. Il ravala sa désapprobation, car perdre son temps en récriminations ne servirait à rien, et l'écart qu'ils avaient creusé entre Dimitri et eux risquait de diminuer fortement. Étouffant sous la chaleur, il se mit torse nu. Sous ses efforts, son corps se couvrit de sueur. Will lança :

— Tu sais que tu n'as plus vingt ans pour jouer les mécanos sex-symbols, torse nu !

— Moi, j'aime bien ! déclara Elena. Et même s'il n'a plus vingt ans, je le trouve encore… waouh !

Andrew s'arrêta et les regarda.

— C'est pas fini tous les deux ?! Franchement, Will, tu pourrais m'aider !

L'interpellé esquissa une moue.

— Ça m'embêterait de salir une énième chemise.

— Tu es…

Andrew ne trouva pas les mots.

— Laisse tomber !

Il termina seul le changement de la roue, rangea celle crevée dans le coffre et s'essuyait les mains avec un chiffon dégoté sur le côté de la portière lorsqu'il annonça :

— C'est bon, on peut y aller !

Elena sauta sur ses pieds, et William se leva péniblement. Alors qu'il passait tout près de lui, Andrew lui colla son chiffon sur le torse, laissant sur la chemise une énorme tache où se mélangeaient poussière et cambouis. Will amorça un mouvement de recul.

— Ah ben, bravo ! C'est malin ça !

— Toutes mes excuses, lança Andrew d'un ton moqueur.

Alors qu'ils remontaient en voiture, Elena se pencha vers lui et lui souffla :

— C’est vrai, tu sais, tu étais super sexy.

Il secoua la tête, mais ne put s’empêcher de sourire.

Dans une petite station-service qui jouxtait un garage, Elena et Andrew s’enlaçaient, en attendant Will. Ce dernier arriva avec une bouteille d’eau, en lançant :

— Doucement, les effusions, il fait assez chaud !

Andrew sourit.

— C’est climatisé ! lui fit-il remarquer, en caressant les épaules d’Elena.

William haussa les siennes.

— Ils en ont pour longtemps avec ta bagnole ?

— Non, pas trop. On va aller voir…

Ils allaient sortir de la boutique pour vérifier quand la roue serait réparée, lorsque Will les retint de son bras.

— Andy, y a des mecs qui rôdent autour de ta caisse !

— Ça s’appelle des mécaniciens, l’informa Elena.

— Ils ont une drôle de touche tes mécanos ! Ils ont trop regardé *Men In Black* !

Andrew jeta un œil à travers la vitre et aperçut des hommes en costumes sombres en train de tourner autour de son véhicule. Il les vit échanger quelques mots avec le garagiste. Instinctivement, Andrew se recula et, prenant Elena par la main, lui fit faire le même mouvement.

— Je crois qu’il est temps de mettre les voiles !

Ils traversèrent d'un pas rapide la boutique et sortirent par la porte de derrière, au moment où les hommes entraient à leur tour ! Les trois compères débouchèrent sur un parking dédié aux poids lourds.

— Qu'est-ce qu'on fait maintenant ? demanda Elena, paniquée.

Andrew esquissa un léger sourire rassurant et, la tenant toujours par la main, annonça :

— On se fait la malle !

Ils se dirigèrent vers les camions qui stationnaient non loin. Andrew en repéra un avec la portière ouverte, et les clefs sur le contact. Son propriétaire, un routier massif, se soulageait à quelque distance, boudant les toilettes douteuses du lieu. En chuchotant, Andrew ordonna à ses amis :

— Montez là.

— Dans le camion ? s'étonna Will.

— Oui, vite !

Sans discuter, ils obéirent tandis qu'Andrew s'installait déjà au volant et démarrait. Le routier prit conscience qu'on était en train de lui dérober son camion, il rajusta son pantalon à la hâte, hurla et courut après son bien, mais en vain. Le poids lourd, tout son chargement et les trois fuyards quittaient déjà le parking.

Peu de temps après, les trois amis, assis sur un banc, tête baissée, restaient plongés dans un profond mutisme. Un homme se dressait devant eux, l'air sévère :

— C'est bon ! Vous pouvez partir. Mais la prochaine fois, appelez-nous !

Sur la petite route, ils avaient vite été pris en filature par des motards, alertés par le routier dépouillé, puis par des voitures toutes sirènes hurlantes. Ils avaient dû obtempérer et s'étaient fait embarquer au poste pour vol de véhicule.

Will réagit vivement :

— Et ça sert à quoi ? Ça fait trois fois qu'on porte plainte, et il n'y a rien. Ils nous poursuivent toujours. Personne ne les a arrêtés !

— Laissez-nous faire notre travail.

— Alors, laissez-nous nous en sortir par nous-mêmes, rétorqua Will sur le même ton.

L'inspecteur pointa un doigt vers lui.

— Faites pas le malin, vous !

Andrew coupa court.

— Qu'est-ce que vous allez faire pour nous ?

— Tenter de les stopper.

— Et nous ? demanda Elena.

— Vous, soyez prudents. C'est tout ce qu'on peut vous conseiller. Vous allez où ?

William réagit :

— Vous croyez qu'on va vous le dire ? Déjà que vous n'êtes pas fichus de les arrêter, vous seriez capable de leur dire où nous trouver…

— Vous, vous continuez ainsi, et je peux vous dire que c'est en cellule que vous allez vous trouver !

— Ne faites pas attention à lui, tenta de calmer Andrew. On voulait prendre la route de Las Vegas.

— D'accord. Faites attention, et laissez-nous faire notre boulot. On va l'avoir !

— Grouillez-vous, alors ! lança Will.

L'inspecteur l'ignora et les accompagna à l'extérieur.

— On vous a rapporté votre voiture.

Un peu plus loin se tenait le routier à qui ils avaient dérobé le camion qui leur jeta un regard mauvais. Mais Will ne s'en soucia pas et ouvrit nerveusement le coffre. Un large sourire éclaira son visage.

— Nos affaires sont toujours là !

Il détailla son sac et cria à nouveau :

— Super, elles aussi sont toujours là !

— Quoi donc ? demanda Elena en se penchant au-dessus de l'habitacle.

— Mes chemises ! Tu ne croyais pas que j'allais passer la journée avec une grosse tache de cambouis !

— Je vois que tu as des priorités existentielles, commenta-t-elle, en le regardant se changer. Il avait retiré sa chemise et, torse nu, demanda à la jeune femme :

— Alors, je suis aussi sexy que ton Cherokee ?

Elle rit.

— Tu es trop nul, Will ! Mais tu me fais rire !

Elle monta dans la voiture aux côtés d'Andrew, lui vola un baiser et déclara :

— Tu avais un sacré charme en routier, également !

Une fois rajusté et satisfait de son aspect physique, Will grimpa à bord à son tour et s'enquit :

— Et en délinquant de la route, il t'a séduit ?

Elle regarda Andrew qui souriait, un peu gêné.

— Oh oui ! dit-elle seulement.

Il détourna les yeux et démarra, alors qu'Elena ne le quittait pas des siens.

Ils se trouvaient devant la porte de la chambre d'Andrew, se dévorant des yeux. Il ne savait quelle attitude adopter. La faire entrer pour qu'elle passe la nuit avec lui ? Rester sage et la laisser regagner la sienne pour qu'elle se repose ? Il voulait qu'elle se sente libre de choisir. Il n'arrivait pas à cerner ce qu'elle pensait, ce qu'elle souhaitait. Est-ce que c'était sérieux ? Il avait peur de se montrer un peu trop entreprenant.

Avant de rentrer dans sa propre chambre, Will lança :

— Fais-la rentrer, elle attend que ça !

Andrew rit, mais demanda confirmation à la jeune femme :

— Il a raison ?

Elle adopta un air coquin :

— Je ne sais pas…

Alors, peu sûr de lui, il tourna la clef, ouvrit la porte et s'écarta pour lui laisser libre accès. Elle fit un pas en avant, avant de reculer et de faire mine de s'éloigner. Andrew, surpris, en resta bouche bée. Elle éclata de rire, passa devant lui, l'embrassa furtivement et pénétra dans la pièce.

Elle se laissa tomber sur le lit. Allongée sur le dos, les bras écartés, elle déclara en soupirant :

— Journée riche en événements !

— Pas plus que les trois dernières. Avec toi, il faut tenir le rythme, dit-il en s'étendant près d'elle.

— Je trouve que tu assures pas mal.

Il la regarda, sceptique.

— Pour un vieux, c'est ça ? Vas-y, dis-le…

Elle se redressa, se mit à genoux et passa une jambe de chaque côté de son ex-voisin. Elle resserra son entrave sur ses hanches, l'emprisonna et ainsi le domina. Il se sentait pris au piège, mais ravi.

— À toi de me montrer que tu tiens encore la route…

— Tu me défies ? s'enquit-il, amusé.

Avec un sourire en coin, elle retira son haut. Alors, il posa les mains sur sa taille dénudée et la fit basculer pour la dominer à son tour. Elle poussa un petit cri de surprise, mais s'abandonna à son étreinte. Il lui caressa le visage, repoussa quelques mèches de cheveux et l'embrassa.

Il s'était tourné vers elle et caressait le bas de son cou où dansait une petite chaîne.

— Alors ? Le vieux a encore du potentiel ?

Elle sourit.

— Je n'ai jamais dit que tu étais vieux.

— Je préfère ça.

Distraitement, il jouait avec le bijou. Elle posa la main sur la sienne et dit, soudain grave :

— Merci.

Elle lut de l'interrogation dans ses yeux. D'un geste vague, elle montra les traces de coups qu'elle portait encore, et précisa :

— Merci de n'avoir rien dit.

— Si tu ne veux pas en parler, je respecte ta décision. Et si, un jour, tu le souhaites, je serai là pour t'écouter.

— C'est ce que tu dis…

Elle se leva et se revêtit. Andrew la sentit déçue, amère. Doutait-elle de lui ? Il quitta la douce enveloppe des draps, s'habilla à la hâte et l'attrapa par les épaules.

— Tu crois que je parle dans le vent ?

— Oui, déclara-t-elle, avec sincérité.

Cela le toucha.

— Et d'après toi, pourquoi je suis là ? Pourquoi j'ai volé un camion ? Pourquoi je me suis tapé un rallye sur l'autoroute ? Tu crois quoi ? Que je ne tiens pas à toi ?

Elle s'échauffa.

— Ce que je crois ? C'est que ça ne va pas durer éternellement ! J'en suis à prier pour que la police ne coince pas Dimitri, parce que je sais… je sais que, dans deux semaines, tu vas partir ! Tu vas retourner à l'autre bout du monde, et alors là… si je veux te parler, comment je ferai ?

Il prit alors une mine désolée et lui caressa la joue, en disant doucement :

— Alors, c'est ça… Tu crois que je vais t'oublier…

— Tu m'oublieras.

— Non… non… je ne peux pas t'oublier. Et je ne le veux pas… Je ne prendrai plus jamais ma douche sans penser à toi…

Elle rit malgré elle et noua ses bras autour de son cou en chuchotant :

— J'ai besoin de toi.

Il la caressa et, approchant ses lèvres de son oreille, il murmura :

— Je suis là… je suis là…

Elle ferma les yeux et pensa pour elle-même « pour l'instant ».

Dans la nuit, Andrew se réveilla. Quelque chose d'étrange se passait, mais il ignorait quoi. À ses côtés, Elena dormait paisiblement. Promenant son regard autour de lui, il comprit ce qui le dérangeait et l'avait tiré du sommeil. Une lumière filtrait par la fenêtre. Le faisceau n'était pas fixe, il bougeait comme si on agitait une lampe torche. Puis, il distingua des ombres. Le cœur battant, il réveilla Elena, lui enjoignit de faire silence et de s'habiller. Elle obéit, puis vit à son tour les ombres qui s'approchaient. C'était pour elle. Elle en était sûre. Dans la plus grande discrétion, ils prirent leurs affaires et sortirent de la chambre. Ils se hâtèrent jusqu'à celle de Will, qui vint ouvrir, échevelé.

— Bouge ton cul, faut qu'on décolle ! assena Andrew, sans prendre de gants.

En un éclair, Will nota la panique chez Elena et la tension que dégageait Andrew. Il ne posa pas de questions et les rejoignit en quelques instants. Ils se trouvaient dans le couloir lorsque la porte de la chambre d'Andrew et Elena s'ouvrit sur des hommes cagoulés. Elle lâcha un cri. Andrew la prit par la main et poussa l'accès aux escaliers où ils se précipitèrent. Quelques secondes plus tard, ils perçurent d'autres pas aux étages supérieurs. On les poursuivait, c'était certain, et ils en furent convaincus quand ils entendirent des ordres criés en russe. Pas le temps de réfléchir, il fallait fuir, au risque de chuter en dévalant les marches à toute allure. Ils arrivèrent enfin tout en bas, franchirent avec soulagement l'issue de secours qui débouchait sur le parking du motel et se mirent à courir jusqu'à la voiture où ils s'engouffrèrent. Andrew démarra et fila dans la nuit.

À peine une minute plus tard, des phares dans le rétroviseur leur apprirent qu'ils étaient suivis. Andrew appuya à fond sur l'accélérateur. Un panneau indiqua l'autoroute à treize miles. Il espérait pouvoir l'atteindre assez vite afin de se perdre dans la foule des véhicules. Il était tendu, concentré. Elena ne cessait de se retourner pour surveiller leurs poursuivants, le souffle court. William, triturant sa lèvre inférieure, gardait pourtant son sang-froid, son regard braqué sur la trajectoire d'Andrew. Lorsqu'ils atteignirent la bretelle d'autoroute, Will se relâcha un peu. Peu de temps après, ils s'étaient fondus dans la masse. Andrew demanda alors :

— Qu'est-ce qu'ils criaient ?

— « Attrapez-la », souffla-t-elle.

Les deux hommes ne firent aucun commentaire et filèrent, ne se souciant plus de la direction qu'ils suivaient.

Ils s'accordèrent une halte dans une station-service pour que la pression retombe un peu et se rassemblèrent devant un distributeur de boissons. Silencieux. Sous le choc. Elena tremblait. Ses jambes s'entrechoquaient et faisaient bouger la table, menaçant de renverser les cafés. Andrew posa une main sûre sur sa cuisse, et cela l'apaisa. Il dit doucement, mais fermement :

— Il est grand temps que tu nous parles.

— Que veux-tu que je te dise ?

— Pourquoi on nous poursuit comme ça ?

Elle prit un air embêté.

— Je te l'ai déjà dit. Dimitri est cinglé.

Andrew devint froid.

— Qu'est-ce que tu caches ?

— Mais rien…

Il repoussa sa chaise dans un grincement qui leur fit froid dans le dos, il se leva et s'éloigna en assenant :

— La confiance, ça doit être réciproque.

Et il sortit prendre l'air. Elle resta seule face à Will, plongé dans l'étude de sa tasse.

— Il m'en veut ?

Il hocha la tête.

— Tu l'as un peu cherché… Pourquoi tu ne dis rien ?

— Mais je n'ai rien à dire, bon sang ! Je fuis un type qui me tyrannise, c'est tout ! Et vous non plus, vous ne dites pas tout !

— Nous ? s'étonna Will.

— Oui.

— Je peux savoir ce qu'on cache ? À part la femme d'un pilier de la pègre russe ?

Elle répondit :

— Carol… C'est qui ?

William ferma les yeux et soupira. Elle continua :

— C'était ta copine ?

— Non… celle d'Andy.

Elle ouvrit de grands yeux. Il en avait trop dit. Il poursuivit sa confession :

— Quand elle est arrivée dans la boîte, elle a jeté son dévolu sur lui. Il a plongé comme un collégien. Moi, je ne la sentais pas. J'ai essayé de le prévenir, il a rien voulu entendre. Il était amoureux. Ils se sont associés sur plusieurs dossiers, ont brassé des millions. Il lui a offert sur un plateau des clients de premier choix…

Il se tut. Elena fronça les sourcils.

— Et ?

— Et elle a tout vendu à la concurrence contre une somme rondelette. Il lui avait quasiment tout donné, et elle l'a laissé sur le carreau. Et en prime, elle l'a plaqué.

— Oh ! Je comprends qu'il n'ait pas digéré. Mais… pourquoi elle s'est pas fait virer ?

Will émit un petit rire.

— Parce qu'il n'a rien dit. Il a endossé la perte des clients, l'a couverte et est parti… pour oublier, je pense.

Elle ne comprenait pas.

— Mais pourquoi il a fait ça ?

— Trop bon, trop con, tu connais ? Andrew Garrison est trop bon, trop honnête…

Elle remercia Will, puis se leva et sortit rejoindre Andrew. Il prenait le frais. Elle l'observa à la dérobée un instant, puis s'avança et glissa ses bras autour de son cou. Il hésita sur la conduite à adopter. Rester sur ses gardes, insister pour percer le secret de la jeune femme ou lui faire confiance. Les pupilles brillantes d'Elena achevèrent de le convaincre que la rancœur ne servait à rien. Ils se regardèrent en souriant. Tout simplement.

Ils avaient décidé de finir la nuit dans un motel. Peu importait où ils se trouvaient, ils reprendraient la direction pour Vegas le lendemain, quand le soleil se serait levé et les tensions apaisées. Il devenait primordial de se reposer, car, à ce train-là, ils ne tiendraient pas le coup. Elena, sur les nerfs, ne cessait de regarder autour d'elle, tremblante. Elle ne lâchait pas Andrew d'une semelle, et si, par malheur, elle se détachait de lui, elle se raccrochait à William comme à une bouée de secours. Elle ne passerait pas la nuit seule. Les deux hommes n'étaient pas fiers non plus. Ils se sentaient cernés où qu'ils aillent. Si les hommes qui s'étaient introduits dans la chambre les avaient attrapés, que se serait-il passé ? L'étau se resserrait autour d'eux, et ils ne savaient pas pourquoi. William les quitta et pénétra dans sa chambre. Elena restait debout dans la leur sans oser bouger, pendant qu'Andrew vérifiait la fermeture de la fenêtre. Lorsqu'il se retourna, il la devina terrifiée.

— C'est bien fermé ! assura-t-il. On ne risque rien.

Elle acquiesça avec un malheureux sourire.

— Repose-toi, tu l'as bien mérité ! continua-t-il.

Elle s'allongea tout habillée. Il vint s'étendre à ses côtés et l'enlaça. Elle se mit à trembler, alors il frictionna ses bras.

— Tu as froid ?

— Non… j'ai peur…

Il lui chuchota à l'oreille :

— Elena, je suis là… je suis là… tu ne crains rien… chut… n'aie pas peur… n'aie pas peur…

Et se serrant un peu plus contre lui, elle se laissa apaiser par sa voix.

Ils ne dormaient pas, mais ne bougeaient pas. Serrés l'un contre l'autre, ils se contentaient de la présence de l'autre. Elena ne percevait que son souffle dans son cou. Elle gardait sa main, son bras contre elle, par peur qu'il se détache. Elle réussit enfin à entrouvrir les lèvres.

— Andy ?

— Oui…

— J'ai appris pour… Carol.

Elle sentit qu'il remuait. Son nez, sa bouche effleurèrent son oreille.

— Il n'y a rien à en dire…

— Si… je ne suis pas comme elle.

Il respira un peu plus fort. Will parlait trop, beaucoup trop, mais peut-être qu'il avait eu raison de livrer ce que lui n'aurait jamais pu. Il repoussa les cheveux qui dansaient devant lui, et déposa un baiser sur sa nuque.

VIII
Sur la route du Texas

Un bruit assourdissant, qui fit trembler les vitres, retentit. Ils se redressèrent brutalement.

— C'était quoi ? demanda Elena.

Andrew, sans un mot, se leva et s'approcha de la fenêtre. Une lumière orangée commençait à inonder les murs de la pièce. La porte communicante de la chambre s'ouvrit à toute volée, faisant sursauter Elena. William entra vivement et se posta aux côtés d'Andrew.

— Putain, là, on peut dire qu'ils nous en veulent !

Elena les rejoignit, et tous trois assistèrent au spectacle de la voiture d'Andrew qui flambait.

Elle se détourna et s'assit sur le lit, troublée. Andrew, craignant qu'elle ne lâche prise, vint s'asseoir près d'elle.

— Ça va ?

Elle tourna la tête vers lui. Puis son regard alla de l'un à l'autre de ses compagnons de route, et elle déclara :

— Il faut que je vous dise quelque chose.

— Quoi donc ? Que vous, les Russes, vous n'aimez pas les bagnoles américaines ? ironisa Will.

Mais Elena ne sourit pas. Andrew s'inquiéta.

— Dis-nous…

— Ce n'est pas moi qu'ils veulent…

— Alors, qui ? Andy, je te promets que je n'ai pas engagé de Ruskoffs pour te garder aux États-Unis.

— Arrête un peu, Will ! Je suis sérieuse !

— Oui, boucle-la, s'il te plaît et laisse-la parler. Qu'est-ce qu'ils veulent alors ?

Elle se leva, fouilla dans son sac et en tira un mouchoir en tissu. Devant les deux hommes intrigués, elle le déplia, et ils découvrirent un scintillement significatif.

— Des diamants ! s'écria Will. J'y crois pas ! C'est toi qui as volé les diamants ?!

— Je ne les ai pas volés ! se défendit-elle vivement. Je les ai juste subtilisés à Dimitri.

— À part un registre de vocabulaire différent, le résultat est le même. Tu les as piqués.

— Je voulais le rendre fou, se justifia-t-elle.

Andrew eut un sourire ironique.

— Tu as réussi…

Elle les observait, implorante.

— Vous m'en voulez ?

Alors, le visage d'Andrew changea. Il quitta le lit aux draps défaits, se réfugia dans un coin de la pièce et appuya sa tête sur le mur. Une foule de pensées traversaient son esprit. Est-ce qu'elle avait fait exprès ? Est-ce qu'elle avait profité de lui ? Est-ce qu'elle était sincère ? Il s'était encore fait avoir ! Au son des sirènes de pompiers qui hurlaient à l'extérieur, il donna un coup de poing sur la porte qu'il ouvrit, en s'excusant.

— Je vais voir ma voiture.

Elena en resta bouche bée.

— Qu'est-ce qu'il lui prend ?

Will se mit à applaudir lentement.

— Quoi ?

Il expliqua :

— Là, tu l'as joué fine.

— Mais quoi à la fin ? s'énerva-t-elle.

William prit un instant avant de lui répondre.

— Ça s'appelle « L'effet Carol ».

Et il la laissa dubitative, ses diamants à la main.

Elle avait rejoint Andrew à la réception de l'hôtel où il s'entretenait au téléphone. La police, les pompiers, l'agitation régnait partout. Un peu perdue, la jeune femme cherchait son point d'ancrage, sa bouée de secours, celui qui la soutenait… ce dernier ne lui accorda qu'un bref regard avant de continuer sa conversation téléphonique. Puis il raccrocha et, toujours sans s'occuper d'elle, s'apprêta à sortir quand elle le rattrapa par le bras.

— Andy…

Il s'arrêta.

— Quoi ? demanda-t-il, sur un ton légèrement agressif.

— Ne m'en veux pas. C'était plus fort que moi.

Il braqua ses yeux sur cette main posée sur lui, et, à cet instant, cette frêle silhouette, son regard implorant, cette voix à l'accent slave, ne le touchèrent plus. Il était blessé. Il retira un à un les doigts qui s'accrochaient à lui et soupira avant de s'éloigner. Elle cria presque :

— Est-ce que tu as dit… quelque chose ?

Il s'était de nouveau arrêté et la considérait, déçu. Elle était là, debout, toujours l'air malheureux. Il savait de quoi elle parlait. Est-ce qu'il avait confié à la police qu'elle n'était qu'une voleuse de diamants qui avait profité d'eux ? Il déclara à mi-voix :

— Non.

— Andy…

— Laisse-moi.

Il s'éloigna. Elena sentit Will qui venait de lui glisser un bras autour du cou.

— Qu'est-ce que je te disais ? Trop bon, trop con…

Elle se tourna vers lui :

— Il ne me croit pas sincère, c'est ça ?

— Ben… je dois t'avouer que ça m'est passé par l'esprit aussi ! Mets-toi à sa place….

— Moi ? À sa place ?

Elle se dégagea de son étreinte et le traîna de force.

— Viens !

Andrew n'était pas encore sorti de l'hôtel, il slalomait encore entre les secours et la police qui circulaient dans la grande salle de la réception. Elle courut à sa suite en appelant :

— Andy ! Attends !

Ce dernier patienta jusqu'à ce qu'elle arrive à sa hauteur.

— Tu crois quoi ? Tu crois que j'ai profité de toi ? Tous les deux ? Vous pensez que j'ai profité de vous ?

Andrew se mura dans le silence. Will répondit à sa place :

— Tu permets qu'on en doute ? Ça fait plusieurs jours qu'on risque notre vie. Et c'est à cause de toi. Tu ne nous avais rien dit. Nous, on te défendait. On te croyait en danger, et puis… au final, c'est toi qui nous as mis en danger.

— D'accord ! Vous êtes des victimes, c'est ça ?! Alors, regardez !

Elle souleva sa robe, dévoilant le haut de sa cuisse marbrée d'hématomes.

— Regardez !

— Baisse ça ! lui intima Andrew, ne souhaitant pas qu'elle se donne en spectacle devant la foule encore présente.

— Je m'en fous, là, du regard des autres ! C'est le vôtre qui m'importe ! C'est le tien ! Alors, regardez bien ça, et osez me dire que je n'étais pas victime !

Will s'était glissé devant elle pour la préserver des curieux. Elle continua en montrant son dos :

— Et ça ? Et ne venez pas me dire que je n'étais pas en danger !

Elle s'approcha d'Andrew.

— Tu les as touchées, ces traces, tu les as caressées… Personne n'avait jamais été aussi tendre avec moi. Je t'ai dévoilé tout ça. Alors, ne me dis pas que je n'étais pas sincère… tu crois que je peux aimer celui qui m'a fait ça ?

Elle laissa retomber sa robe, s'approcha et posa ses mains sur le visage d'Andrew. Elle lui confia avec douceur :

— Je n'ai pas profité de toi. Jamais. Mes sentiments n'étaient pas feints. Je ne vais pas te faire de déclaration, Andy. Je ne sais pas dire ces mots-là. On ne me les a jamais dits. Mais j'étais sincère… je te le répète, je ne suis pas Carol. Pardon d'être… ce que je suis… mais je ne t'ai jamais menti.

Il la prit contre lui et la serra fort en lui murmurant à l'oreille :

— Ne sois pas désolée… je suis heureux que tu sois ce que tu es.

Elle se laissa aller contre son torse. Une voix se fit entendre.

— Et moi ? On m'oublie ?

Elena se mit à rire au son de la voix de Will, mais se blottit un peu plus contre Andrew.

— Bon alors, on fait quoi ?

Ils s'étaient assis sur le canapé du hall, leurs bagages à leurs pieds. Andrew soupira.

— Je ne sais pas. Franchement, je ne sais pas. Si on leur rend les bijoux, ils nous foutront la paix ?

Elena secoua la tête.

— Non. Dimitri ne… passe pas l'éponge comme ça.

William s'échauffa.

— Ouais, mais on fait quoi ?

Andrew lui répondit de même :

— Tu n'as qu'à trouver une solution, toi !

— Ben, on a plus de baraques, plus de bagnole… ça limite les options. Après avoir joué au mécano, au routier, tu ne voudrais pas nous faire le pilote de ligne ? On va à l'aéroport, et tu nous tires un avion ! Elena, ça ne te fait pas fantasmer, le Cherokee en pilote ?

— Will, ta gueule ! lui intima Andrew, peu enclin à plaisanter.

Ce dernier se retourna.

— Excusez-moi ! Mais là, je sens que je vais bientôt être à bout !

— Reprends-toi, alors. Parce qu'on va avoir besoin de toi.

Andrew avait croisé ses mains et, les coudes sur les genoux, avait posé sa tête dessus. Il réfléchissait. Elena, elle, fermait les yeux. Elle semblait épuisée. Will la contempla avec affection.

— Elle est fatiguée, la petite.

Andrew lui jeta un coup d'œil. Oui. Peut-être même s'était-elle endormie, car elle ne réagissait plus. Will continua à l'attention de son ami :

— Toi aussi, tu as une sale tête.

Andrew eut un léger sourire.

— J'veux pas dire, mais la tienne…

Will rit malgré lui et ajouta :

— Tu sais à quoi ta tête me fait penser ?

— Dis toujours…

— À ces nuits que tu passais à écumer les rues à la recherche d'un resto encore ouvert après une longue journée de travail. Tu as la même tête.

— N'importe quoi !

Will, hilare, narra :

— C'était une de ces multiples nuits où Andrew Garrison était à la recherche d'un resto ouvert à trois heures du matin. Resto qu'il ne trouva jamais….

Andrew se dérida.

— Surtout ici !

— Et encore ! S'il en restait un, avec notre bol, les Russes le feraient péter.

— C'est sûr, oui ! Bon, ça nous dit pas ce qu'on fait.

William suggéra :

— On continue… Elena a raison. Si on leur rend les diamants, ils en profiteront pour nous descendre.

— Et on continue avec quoi, Monsieur Peters ?

— Et c'est là que tu vas m'adorer !

Il sortit son téléphone.

— Si tu veux appeler Carol, déjà c'est pas une bonne idée, et ensuite tu crois qu'elle viendra te chercher au milieu du désert ?

— Carol ? Non. Mais un loueur de voitures, ça peut nous dépanner.

— Oui… admit Andrew qui n'y avait pas pensé. Tu leur précises juste qu'il vaut mieux l'assurance tous risques.

— Non… on va leur faire la surprise, jeta Will avec un clin d'œil qui se voulait complice, en s'éloignant pour téléphoner.

Pendant ce temps, Andrew se tourna vers Elena. Elle dormait profondément et menaçait de basculer sur lui. D'un doigt, il lui effleura la joue.

— Elena, Elena, ma belle…

Elle bougea légèrement. Il s'approcha de son oreille et murmura :

— Elena, réveille-toi…

Il lui caressa les cheveux et déposa un léger baiser sur ses lèvres. Elle ouvrit les yeux.

La voiture filait sur la route. William avait loué une décapotable et s'était mis au volant, trop heureux de conduire sa petite lubie. Ils roulaient cheveux au vent. Andrew avait secoué la tête, blasé, en découvrant le véhicule, mais William avait déclaré s'être montré raisonnable, car la voiture n'était pas rouge comme il aurait pu la choisir en temps normal. Il fit remarquer qu'il savait s'adapter à la situation et lui avait rappelé :

— Elle te plaisait vraiment pas, mon idée de voler un avion ?

Andrew avait répondu, presque à bout :

— Si je dérobais un avion, ce serait pour repartir direct à Hanga Roa, pas pour faire une escale à Vegas. Alors, si ça te tente…

— Non, non, non, très peu pour moi !

Ils brûlaient le bitume dans la décapotable, la musique des Beach Boys à fond. Andrew se cachait le visage entre les mains, alors que Will riait gaiement.

— Écoute, on s'est bien tapé du Kate Bush, alors, hein…

Elena, ravie du vent sur son visage, avait retrouvé le sourire, et Andrew commençait à se demander quelle surprise leur réserverait la prochaine étape.

Ils s'étaient arrêtés sur le parking d'un restaurant, au milieu de nulle part. Pourtant, une quantité impressionnante de voitures était garée.

— Ça doit être bon ici, il y a du monde, en déduisit Elena dont le ventre gargouillait.

— Euh, ma grande… regarde autour de toi. Ce n'est pas que c'est bon, c'est qu'il n'y a que ça dans le coin.

Elle haussa les épaules.

— Peut-être.

Andrew passa son bras autour de sa taille, et ils poussèrent la porte de l'établissement pour laisser dehors la chaleur étouffante du désert. Et alors, ils s'arrêtèrent subitement et restèrent tous trois bouche bée.

— Qu'est-ce que c'est que ça ? demanda William, les yeux grand ouverts.

Elena se mit à sourire et à battre des mains.

— Du Line Dance ! Du Line Dance !

— Tu connais ça, toi ? Dans ton pays, il y a du Line Dance ?

— Il y a beaucoup plus de choses que tu ne crois, Will.

— Ne te vexe pas, Will est persuadé que le monde se limite à L.A et que, sorti de là, les autres pays sont arriérés ! Je te présente William Peters, maître ès clichés !

— On y va ? s'enquit la jeune femme, impatiente.

— Quoi ? fit Andrew. Tu veux aller danser ça ?

— Ouiiiii ! Ça va être drôle.

— Ça va pas la tête ? Tu ne vas pas vouloir aussi me mettre un chapeau pourri et un gilet de cow-boy ?

— C'est sûr que sur un Cherokee, ça le fait pas. Tu serais ridicule.

— Allez, venez ! On s'en fout, on va s'amuser !

— Tatata ! refusa Andrew. Va t'amuser si tu veux, mais, moi, j'ai passé l'âge de danser sur de la Country.

Un peu boudeur, il partit s'asseoir au fond de la salle en la détaillant des yeux : un décor western, des chapeaux, des selles et des roues de chariot d'un autre temps meublaient l'endroit. Où était-il tombé ? Elena interrogea Will du regard, espérant qu'il se laisse tenter par un petit pas de danse, mais ce dernier se retint.

— Après quatre bons verres, peut-être.

Il rejoignit son ami et se laissa tomber sur le cuir sombre de la banquette. Elena se posta à l'extrémité d'une ligne de danseurs, et commença à les imiter. Au bout de quelques instants, elle avait pris le coup, le rythme, et reproduisait parfaitement la chorégraphie. Elle jetait de temps à autre un coup d'œil vers les deux hommes, qui la contemplaient, charmés.

Will lança :

— Je savais pas que Vegas était sur la route du Texas ?

— On a dû faire un écart.

Will s'exclama :

— Un sacré écart ! Yihaaaaa !

Il se leva et rejoignit à son tour les danseurs. Andrew riait de les voir ainsi. Heureux.

Elle s'affala près d'Andrew, en s'exclamant :

— C'est génial ! Tu devrais essayer.

— Non, non. Très peu pour moi.

— Regarde Will, il s'éclate !

Andrew devait le reconnaître. Will avait l'air de prendre du plaisir : il se tenait à côté d'une jeune femme qui avait revêtu une chemise à carreaux, des santiags et un chapeau. Il la dévisageait tout en essayant de suivre ses pas et poussait des cris de cow-boys.

— Je vais me chercher à boire ! lança-t-elle en lui déposant un baiser sur la joue.

Elle se dirigea vers le bar. Un instant, elle disparut de son champ de vision, mais se concentra sur son ami qui tentait des approches auprès de sa cavalière. Cela le faisait rire. William ne perdait pas le nord.

Lorsque la musique se termina, Will vint le rejoindre, un peu essouflé. Andrew lança :

— Tu nous fais quoi, là ?

— Quoi ?

— Tu vas faire quoi, avec ta cowgirl ? Tu comptes faire du rodéo ?

— Très élégant, Andy ! Elle s'appelle Sandy, déjà. Et je fais ce que je veux.

— Et quand est-ce que tu pars convoyer le bétail ?

— Tu as envie qu'on joue aux cow-boys et aux Indiens, c'est ça ? Tu sais qu'ils ont été exterminés ?

— Pas tous, pas tous ! Allez, va danser, John Wayne ! Yihaaa !

— T'es con. Elle est où, Elena ?

— Partie se chercher à boire.

Mais en disant cela, Andrew se rendit compte qu'elle était partie depuis longtemps. Cela l'inquiéta. Il se leva et tenta de l'apercevoir derrière la foule présente. Mais rien. Avec Will, ils se dirigèrent vers le bar. Personne. Ils se retournèrent. Cherchèrent un peu, mais ils ne la trouvèrent nulle part. Andrew se renseigna auprès du barman :

— Est-ce que vous avez vu une jeune femme ?

— C'est pas ça qui manque ici !

— Elle est russe.

Il haussa les épaules, puis :

— Je ne sais pas si ça va vous aider, mais j'ai vu une jeune femme partir avec un homme qui parlait russe.

Alors, ils blêmirent.

— Elena… dit Andrew.

Ils se mirent à courir, poussèrent la porte, se retrouvèrent sur le parking. Une voiture partait à une allure folle.

— ELENA ! cria Andrew.

Mais c'était trop tard. Will et Andrew restèrent les bras ballants et impuissants sur le parking.

IX
La raison et la folie

Andrew s'était repris. Il devait agir et la retrouver le plus rapidement possible. Peu importe la façon, ce qui comptait, c'était de la sortir des griffes de ce Russe. Voler des diamants était un acte. Il se dirigea vers la voiture, ouvrit le coffre, prit le sac d'Elena et en sortit les diamants. Comment aurait-il agi à la place de la jeune femme ? Aurait-il seulement tabassé son tortionnaire ou aurait-il frappé là où ça fait mal : le pognon ? Il ne savait pas trop. Elena avait choisi, elle, mais sans penser aux conséquences. Elle se trouvait en grand danger.

— Qu'est-ce que tu fais ? interrogea Will en fronçant les sourcils.

— Si c'est ça qu'ils veulent, on va leur donner. En échange d'Elena.

— Bien sûr ! Tu te fais maître chanteur maintenant ?

— Tu as une autre solution ?

— On rentre. On va réfléchir…

— C'est ça, ta solution ? Réfléchir ? Et Elena ?

À cet instant, le barman les rejoignit.

— Vous êtes là. Je n'avais pas réalisé, mais je pense que c'est pour vous.

Il leur tendit une enveloppe. Avec fébrilité, Andrew l'ouvrit et lut ce qui était écrit.

— Qu'est-ce que ça dit ?

Andrew, ne lâchant pas la lettre, se prit la tête entre les mains et fit les cent pas sur le parking.

— Andy ! Qu'est-ce que ça dit ?

Ce dernier relut la missive et recommença à tourner en rond.

— Putain, tu vas me répondre, oui ?

— Ils ont Elena. Ils veulent les diamants. Ils nous disent où les amener et de ne pas appeler la police.

— Elle va bien ? s'enquit Will.

Andrew s'énerva.

— Mais j'en sais rien ! Comment tu veux que je le sache ? Elle est avec un taré ! Je sais pas, Will, je sais pas !

— Ça va, ça va, calme-toi. On va la retrouver.

— On y va. On leur amène les diamants, décida fermement Andrew.

— Non.

— Non ? répéta Andrew, scandalisé.

— On va prévenir la police, rectifia Will.

— T'es malade !

— Réfléchis, si on agit seuls, ils vont nous canarder, les Ruskoffs. Et Elena avec.

— Non. C'est ce que je dis depuis le début, ce qu'ils veulent, c'est les diamants.

— Et tu crois franchement qu'il va te la rendre, quand il aura ses foutus cailloux !? Non. La police a l'habitude. Ils savent comment il faut agir…

— Mais…

— Andy, là, tu n'es pas en état de réfléchir. Laisse-moi faire…

— Elena… Ce fut le seul mot qu'Andrew put prononcer.

William lui posa la main sur l'épaule.

— Oui… moi aussi… mais on va la retrouver. On ne va pas la laisser. D'accord ? On va la retrouver.

C'est en tremblant qu'Andrew demanda :

— Il va pas lui faire de mal ? hein ?

— Non… ça va aller… Dis-toi qu'il l'aime.

Et comme un grand frère, Will entraîna son ami à l'intérieur du restaurant où la musique country résonnait encore.

Elena vit la porte s'ouvrir tout doucement en grinçant, et la lumière pénétra dans la pièce obscure où elle se trouvait. Une ombre se dessina dans l'entrebâillement. Par réflexe, elle se replia sur elle-même et recula contre le mur de la chambre. Dimitri apparut dans toute sa splendeur.

— Elena chérie ! Alors, tu t'es égarée ? Heureusement que je t'ai retrouvée !

Il s'avança jusqu'à elle et la força à se lever en la prenant par le cou. Il lui souffla à l'oreille :

— Le désert peut être dangereux, très dangereux. Mais je t'ai sauvée in extremis, ma chérie. C'est qui ces types ?

— Personne, murmura-t-elle.

— Rassure-moi, ils n'auraient pas osé te toucher ?

— Non… non, hoqueta-t-elle de peur.

— J'espère. Je ne veux pas d'une souillure.

Il lui arracha sa robe et la jeta sur le lit.

— Tu m'as manqué, mon amour !

Dimitri se rhabillait devant une Elena de nouveau prostrée. Il déclara :

— Maintenant qu'on s'est retrouvés, on va pouvoir parler. Pourquoi tu as pris les diamants ?

Elle ne répondit pas. Il fit les cent pas dans la pièce.

— Tu n'es pas heureuse avec moi ? Je ne te donne pas tout ce qu'il faut ? Tu as une belle maison, une voiture, des vêtements, de quoi manger… que veux-tu de plus ?

Elle savait qu'elle ne devait pas répliquer.

— Tu as jugé bon de me voler et de t'enfuir ? Ce n'était pas une bonne idée. Tu sais qu'on ne part pas comme ça. Tu es à moi ! Et tu m'as mis en colère. Très en colère. J'ai autre chose à faire que de courir après ce qui m'appartient. Tu as intérêt à ce que je récupère ces diamants. Vraiment intérêt !

Il s'assit près d'elle.

— Qu'est-ce que je vais faire de toi ? Hein ? Maintenant que tu as trompé ma confiance. Est-ce que je vais devoir t'enfermer ?

— Je le suis déjà.

Il la gifla.

— Ne réponds pas ! En plus, je soupçonne que ces deux types t'ont touchée. Et je ne veux pas de pute chez moi !

Elle cria :

— Je ne suis pas une pute ! Je ne suis pas TA pute !

Il la saisit brutalement par le cou.

— Tu es ce que je veux que tu sois. Grâce à moi, tu as gagné un bon paquet de fric, tu as ramené ta mère aux États-Unis, et, ça, c'est à moi que tu le dois. Alors, un peu de reconnaissance ! Et toi, tu préfères aller t'afficher avec deux abrutis, avec MES diamants ! Alors, à ta place, je la mettrais en veilleuse et j'essaierais de me faire pardonner. Quant à ce que je vais faire de toi, je n'ai pas encore décidé…

— Tue-moi, alors !

— Peut-être que j'y viendrai ! Ou alors, je te trouverais un coin de premier choix sur Hollywood Boulevard, vu que tu aimes jouer à la pute.

Il sortit de la pièce en claquant la porte. Elena se recroquevilla sur elle-même, tentant de camoufler son corps meurtri sous sa robe déchirée, et se mit à trembler.

William avait pris les choses en main. Il avait traîné Andrew, qui bouillait de colère, jusqu'au poste de police. Il avait restitué les diamants, narré les derniers événements, montré la lettre qui leur donnait rendez-vous. L'inspecteur à qui ils parlaient leur sembla concerné. Il voulait choper Dimitri Portanov coûte que coûte, afin de stopper ses activités et son trafic. L'enlèvement d'Elena ne faciliterait pas les choses, surtout que le rendez-vous fixé se situait en pleine vallée de la Mort, sur un site à découvert. Il ne serait pas aisé de tenter une opération. Entendre ça rendit Andrew encore plus fou. Ils parlaient, parlaient, et, pendant ce temps, Elena était peut-être… Il se leva subitement et quitta le bureau.

— Andy ! appela Will.

Il ne l'écouta pas et traversa le commissariat d'un pas rapide.

— Andy !

Will le suivait. Andrew sortit, descendit les quelques marches en trois enjambées, alla jusqu'à la décapotable, se mit au volant et démarra.

— ANDY !

La voiture filait déjà. L'inspecteur rejoignit Will.

— Où va-t-il ?

Will répondit avec évidence :

— La chercher !

— Il est fou !

— Ça, oui !

L'inspecteur donna un ordre bref à ses hommes, et, quelques secondes plus tard, des voitures de police partaient à sa poursuite.

Mais Andrew ne s'arrêta pas. Il ne prêta pas attention aux voitures qui le suivaient, aux sirènes qui s'étaient mises à hurler. Il devait retrouver Elena. Il n'en pouvait plus d'attendre, de discuter, et de toutes ces minutes, ces heures qui s'écoulaient.

Elena souffrait. Elle était en danger… Il roulait vite. Trop vite. Il grillait les feux, ne distinguait plus les bâtiments, les magasins, les autres véhicules tant sa vue se brouillait. Il n'avait qu'une seule chose en tête: Elena. La retrouver, quoi qu'il en coûte, car cela ne pouvait se terminer ainsi : au milieu de nulle part, sans l'avoir revue, sans l'avoir embrassée et s'être assuré qu'elle était en sécurité.

Son île, son côté sauvage, ses cailloux n'avaient plus aucune importance. Seule une jeune Russe l'obsédait.

Il ne sut comment cela arriva, il n'entendit que le crissement des pneus, et sa voiture fut projetée contre un poteau. Il fut sonné un instant, et réalisa qu'un autre véhicule s'était encastré dans la décapotable.

Mort ? Était-il en route pour le paradis ? Pour l'enfer plutôt, car il avait échoué à sauver sa dulcinée. Non, il semblait qu'il avait obtenu un sursis, qu'il voguait au purgatoire, car un agent de police le tenait en joue.

— Sortez du véhicule ! Doucement !

Il ne put qu'obéir. Et sans avoir le temps de réaliser ce qu'il venait de se passer, il se retrouva menotté et embarqué dans une voiture de police.

Il fut amené dans le bureau de l'inspecteur, qui lui lança un regard navré. Will, présent, se tenait dans un coin reculé de la pièce, peu fier de l'incident qui s'était déroulé. L'inspecteur fit signe à un agent de lui enlever les menottes.

— On peut savoir où vous alliez comme ça ?

Andrew se frotta les poignets.

— Retrouver Elena…

— Comme ça ? Seul ?

— J'en ai assez d'attendre...

— Heureusement qu'on vous a rattrapé. Parce que tout ce vous auriez réussi à faire, c'est vous faire descendre, et elle avec.

— Il faut faire quelque chose !

— Et on va agir. Mais pas sur un coup de tête. Pas n'importe comment. Alors, est-ce que vous allez vous tenir tranquille ?

— Je ne sais pas... avoua-t-il.

— Si vous ne savez pas, je serais dans l'obligation de vous enfermer.

Will intervint :

— Il va se tenir, assura-t-il. Hein, mon pote ! Tu vas les laisser agir ?

Andrew le regarda, sceptique. William esquissa une légère moue, mais confirma :

— Il va rester tranquille.

— J'espère bien, conclut l'inspecteur. Le rendez-vous pour la restitution des diamants est fixé à demain. Demain matin à la première heure, rapport ici. On vous expliquera la procédure, comment nous allons agir, et quel sera votre rôle.

— Demain matin ! cria Andrew. Vous voulez attendre demain !?

— On ne peut rien faire avant. On ne sait pas où ils se cachent... Au moins demain, on pourra tous les coincer.

— Et Elena ? Vous y pensez à Elena ? Vous voulez lui faire passer une nuit entière avec ce malade ? Dieu sait ce qu'il peut lui faire !

— Il ne lui fera rien. Il veut récupérer ses diamants. Ne vous inquiétez pas pour elle.

Will fronça les sourcils.

— Poussez pas quand même. Qu'on ne s'en fasse pas pour elle ? C'est un vrai cinglé. Il a essayé de nous tuer.

— Demain. On le coincera demain. Allez vous reposer. Et vous…

Il pointait son doigt vers Andrew :

— Si vous flinguez la mission…

— Il n'en fera rien, assura Will. Je le surveille. Allez, viens !

Et alors qu'il sortait du commissariat, Will ne put s'empêcher de lui glisser :

— Tu aurais pu y aller mollo sur la bagnole, quand même. L'assurance va faire la gueule, je te raconte pas comment.

Will s'était mis au volant de la décapotable toute cabossée, navré. Lui, qui aimait frimer, n'appréciait que moyennement d'attirer l'attention avec ce tas de tôle un peu défoncé. Mais elle roulait, c'était le principal, et il repousserait à plus tard la confrontation avec le loueur. Un problème après l'autre, et le minois d'Elena lui importait quand même davantage que la carrosserie. Il avait entraîné son ami dans un petit café, proche du commissariat. Pour l'apaiser, le calmer… meubler le temps en attendant l'action et cet instant, où Elena rejoindrait les bras d'Andrew.

— Je ne peux pas attendre, je ne peux pas !

Andrew s'était levé. William l'attrapa par le bras et le fit s'asseoir.

— Tiens, prends un café, ça te calmera… enfin non, ça ne te calmera pas !

— Mais comment tu peux rester comme ça ! Putain ! Elena…

Will s'échauffa.

— Oui, Elena... oui, Elena... je sais. Qu'est-ce que tu crois ?

— Mais je l'aime, moi !

— Et moi alors ? Tu crois que je ne l'aime pas ? Va savoir pourquoi c'est toi qu'elle a choisi ! Je peux te dire que le jour où elle est venue frapper à TA porte, je t'ai maudit ! Vraiment !

Andrew réalisait.

— Tu veux dire que…

— Oui.

— Mais vous arrêtez pas de vous chamailler ! Je pensais…

— Ben, faut pas croire… Moi aussi, je m'inquiète, moi aussi, ça me fait mal, moi aussi, j'ai envie de mitrailler ce cinglé, au moins autant que toi ! Mais je garde la tête froide… même si au fond de moi je suis en train de bouillir. Alors, assieds-toi, je t'en prie.

Andrew obéit.

— Pourquoi tu n'as rien dit ?

— Parce que je suis un mec, et que c'est pas dans mes habitudes de m'étaler sur mes états d'âme. Même si… Elena le sait.

— Elle le sait ?

— Elle a deviné.

— Alors, tu me comprends ? dit Andrew.

— Je te comprends. Personne ne te comprend mieux que moi. Mais je ne suis pas d'accord. Je veux être sûr que l'autre paye. Si on fonce tête baissée... déjà, on ne sait pas où on va, combien ils sont, s'ils sont armés... Et s'il veut pas rendre Elena ? On fait quoi ? Tu veux lui envoyer un missile à travers la gueule ? On va laisser faire la police.

Andrew mit son visage entre ses mains.

— Mais Dieu seul sait ce qu'elle vit en ce moment.

William ne répondit pas. Mais lui aussi avait le cœur retourné, et le mauvais café de l'établissement n'était pas responsable.

Elena n'avait pas bougé. Elle demeurait assise, les genoux repliés, et attendait. Mais attendait quoi ? Le bon vouloir de Dimitri ? Qu'il s'en prenne à elle une fois encore ? Qu'il la tue, peut-être ? Mais pourquoi s'infligerait-elle cela ? Elle jeta un regard vers la fenêtre. Il faisait sombre. La nuit, déjà. Elle ne s'en était pas rendu compte. Mais elle ne s'en souciait pas, ce n'était qu'un détail. Sa vie reprenait avec Dimitri, l'enfer aussi. Son échappée belle était loin. Il ne lui resterait que des souvenirs de ces quelques jours passés sur les routes avec Will et Andy. Il ne resterait qu'un souvenir ou... elle se leva, et tenta d'ouvrir la baie vitrée. Peine perdue. Elle était scellée. Elle appuya de toutes ses forces, tourna les poignées, mais rien ne voulait bouger. Découragée, désespérée, elle commença à taper du poing, doucement, puis plus fort, et, de rage, elle brisa le carreau. Elle poussa un cri sous la douleur, contempla la coupure qui saignait, et prit conscience de sa chance. Oubliant la souffrance et les morceaux de verre qui entaillaient sa peau, elle donna de nombreux coups de poing et, minutieusement, cassa les pointes acérées pour se frayer un passage. Le sang coulait à flot, mais sa hargne et son espoir de s'évader s'avéraient plus forts, et elle surmontait ce supplice avec courage. Quand elle put se glisser dans l'ouverture, elle enjamba la fenêtre, se blessant au passage à la cuisse. Mais peu importait. Elle déboucha sur une corniche où, prudemment, elle avança, les yeux fixés vers le sol. Elle était au deuxième étage. Elle ne pouvait plus reculer. C'était Dimitri ou le vide. Elle sauta. Elle atterrit sur ses pieds, mais le choc, la souffrance et l'adrénaline la déséquilibrèrent, et elle tomba à genoux.. Le bitume lui avait brûlé la peau, mais elle ne s'en préoccupa pas et, silencieusement, elle tenta de s'éloigner de cet endroit où elle était retenue prisonnière, laissant une traînée de sang derrière elle.

X
Escapades

Elle se tenait, hagarde, au milieu du désert. Malgré la chaleur, elle frissonnait. La faim, le froid, ses mains, ses genoux… son corps entier la faisait souffrir. Au loin, des lumières fugitives : une route passante. Une bouffée d'espoir lui réchauffa le cœur, et elle suivit sa direction comme un navire en perdition suit la lumière d'un phare. Frémissante, elle ne cessait de regarder en arrière pour s'assurer que personne ne la pistait. Si Dimitri ou ses hommes la rattrapaient, c'en était fini d'elle. Elle avançait comme une âme en peine dans le désert.

Après une longue heure de marche pendant laquelle elle crut poursuivre un mirage, elle atteignit enfin son objectif : la vie. Un fossé la séparait des véhicules qui passaient à toute allure sur l'*Interstate*. Encore un obstacle, mais elle n'allait pas se laisser abattre et abandonner si près du but, elle se jeta à corps perdu dans la tranchée sableuse, et, ventre à terre, s'efforça de s'en extirper. S'aidant de ses mains ensanglantées, elle gravit le ravin et se trouva sur le bord de la route. Le bruit et le souffle de la vitesse des voitures l'étourdissaient. Elle se précipita au milieu de l'artère.

Le grincement sinistre d'un coup de frein emplit la nuit.

Dans l'unique café de la petite bourgade perdue au milieu du désert, Will faisait tourner son portable entre ses mains, nerveusement.

— Tu ne veux pas aller dormir ? lui demanda Andrew.

— Avec ce que je me suis enfilé comme café, je ne pourrais pas.

— Tu préfères penser au boulot ?

— Je préfèrerais, oui. Mais ce n'est pas le cas... Et pourtant, qu'est-ce que je ne donnerai pas pour penser aux millions que vaut un client ! Ou même pour avoir Carol en ligne ! Ne serait-ce que pour me dire que la vie continue. Pourquoi ça a tourné comme ça, Andy ?

— Parce que... Elena existe. Parce qu'on a pris la responsabilité de sa vie. Parce que tu m'as sorti de mon île. Tu as dû changer le cours des choses.

— Et comment on fait marche arrière ?

— Je crois qu'on ne peut pas. On va devoir brûler les feux.

— Et on va finir par foutre notre vie en l'air.

— On est parti pour.

Le téléphone sonna. Will, surpris, le lâcha, puis décrocha.

— Oui... Quoi ?... Où ?... On arrive !

Il lança à son ami :

— Elena est aux urgences !

— Aux urgences ?

— Oui, j'en sais pas plus. On y va !

Il s'était levé. Andrew le retint :

— Mais pourquoi aux urgences ? Qu'est-ce qu'elle a ?

— Andy, s'il faut que je te foute mon poing dans la gueule pour aller plus vite aux urgences, je le ferai, alors lâche-moi !

Andrew desserra son étreinte immédiatement du bras de son ami, mais continua :

— Mais qu'est-ce qu'ils t'ont dit ? D'où elle vient ? Comment elle va ? Dis-moi ce qu'ils ont dit !

— Ils ont dit « Andrew Garrison, tu fais chier ! ». J'en sais rien ! Et plus tu me retiens, moins j'en saurai ! Maintenant, il faut qu'on trouve un taxi !

Ils étaient dehors et attendaient. Will s'énerva :

— Mais pourquoi n'y a-t-il jamais de taxis quand on en a besoin ?

Andrew lui répondit calmement :

— Et d'un, tu n'es pas à L.A, mais au milieu de nulle part. Et de deux, il aurait peut-être fallu en appeler un.

Will prit conscience de son téléphone qu'il tenait à la main et composa un numéro, mais s'accorda le temps de reprocher :

— Et de trois, je n'aurais pas eu besoin d'appeler un taxi, si tu nous avais pas bousillé la décapotable !

Après avoir abandonné l'idée d'embarquer dans un taxi, Andrew ne supportant plus d'attendre sans agir, ils avaient mendié la bonne volonté des automobilistes pour les emmener dans le petit centre hospitalier local. Un homme d'un certain âge s'était dévoué — ou plutôt avait cédé au harcèlement de Will. Les deux passagers brûlaient d'appuyer sur l'accélérateur, mais en citoyen raisonnable, le bon samaritain respecta toutes les règles de la circulation. Une demi-heure de trajet qui leur parut la plus longue de leur vie, mais ils arrivèrent enfin devant l'établissement médical. Ils coururent à travers les couloirs et se rendirent à l'accueil. Andrew se précipita au guichet :

— Où est Elena ? Qu'est-ce qu'elle a ?

— Vous cherchez quelqu'un ? Quel est son nom ?

— Elena Petac… Elena je-sais-plus-quoi ! répondit Andrew, pris au dépourvu.

— Pietrakovitch, termina William. Elena Pietrakovitch. Elle a été amenée ici, cette nuit. C'est l'inspecteur…

Il ne termina pas sa phrase, car il vit l'inspecteur en question au bout du couloir. Andrew lança à l'infirmière qui les avait accueillis :

— Merci !

Ils se hâtèrent vers le policier. Ce fut Andrew qui prit les devants :

— Alors, qu'est-ce qu'elle a ? Comment elle va ? Qu'est-ce qu'il s'est passé ? Vous l'avez arrêté ? Elle va bien ? Elle…

— Doucement, doucement… Mademoiselle Pietrakovitch a été retrouvée sur la 179. Elle a provoqué un sacré carambolage en se jetant au milieu de la route.

— Elle va bien ?

— Apparemment, oui. Elle n'a rien de grave.

— Vous avez arrêté l'autre taré ? s'enquit Will.

— Non. Car nous ne savons pas où il se trouve. Elle ne nous a rien dit. Elle est encore sous le choc et ne parle pas.

À ces mots, le cœur d'Andrew se serra. Qu'avait-elle vécu ? Que s'était-il passé ?

— Est-ce qu'on… peut la voir ?

— Pas ce soir en tout cas. Demain.

— Je vous en prie… elle est là, tout près, supplia Andrew.

— On s'est fait dégager, nous, alors, je ne pense pas…

— Je vous en supplie…

L'inspecteur fut sensible à l'air malheureux d'Andrew. Mais surtout, il se disait qu'il serait capable de forcer l'accès, s'il n'accèdait pas à sa requête.

— Vous n'entrerez pas ?

— Promis ! jura Will, en levant la main.

— Venez.

Il les guida jusqu'à une petite salle où, par une porte vitrée, les deux hommes découvrirent Elena, assise, les genoux repliés, prostrée, le regard dans le vide. Ses mains, ses poignets étaient bandés, et ils perçurent des traces de coups qui marbraient son corps. Andrew voulut entrer, mais alors que sa main se posait sur la poignée, il fut rappelé à l'ordre.

— Non.

Il se retint. Mais sans la quitter des yeux, il demanda :

— Est-ce que… enfin, elle a… Il l'a forcée ?

Il n'obtint aucune réponse, et ce silence lui fit mal. Il posa sa main sur la vitre ; s'il avait pu toucher Elena, la réconforter…

Il sentit une pression sur son bras. L'inspecteur lui enjoignit de reculer et les entraîna dans le couloir. Andrew se retourna plusieurs fois, mais elle avait disparu de son champ de vision.

— On fait quoi pour demain ? demanda William.

— On ne change rien. Même si… il y a de fortes chances qu'ils ne soient pas au rendez-vous. Si votre amie n'avait pas…

— Fui, c'est ça ? termina Will. Je vous trouve gonflé de lui en vouloir. Elle s'en est sortie, si on peut appeler ça s'en sortir, et c'est le principal. Maintenant, j'espère que vous allez nous prendre au sérieux et enfin nous protéger. Surtout elle !

— Un de mes hommes restera ici en faction, si vous voulez savoir. Elle n'a rien à craindre. Seulement l'opération de demain est fortement compromise. Il aurait fallu qu'elle nous dise où ils se trouvent, cela aurait grandement facilité les choses, malheureusement…

— Je vous préviens, si vous lui faites encore un reproche, je…

— Du calme ! Allez-vous reposer. Il ne reste que quelques heures avant que le soleil se lève. Une voiture va vous ramener.

— Chouette ! Que j'aime être à bord d'une bagnole de flic ! ironisa Will.

Alors qu'ils attendaient devant l'hôpital qu'un véhicule vienne les prendre, William dévisageait son ami, absent, pensif. Il savait que la vue d'Elena l'avait perturbé. Lui-même se sentait mal à l'idée de cette jeune femme si pétillante de vie, en état de choc. Il tenta de le sortir de son mutisme.

— Andy, si je peux me permettre…

Il tourna la tête.

— Quoi ?

— Si un jour tu comptes l'épouser, ce serait bien que tu arrives à prononcer son nom !

Andrew ébaucha un sourire. Il savait ce que son ami essayait de faire. Lui changer les idées, dédramatiser… C'était peine perdue, mais il appréciait l'intention. William était un ami hors du commun. Il joua pourtant son jeu.

— À part que, si on se marie, elle prendra mon nom !

Will hocha la tête.

— C'est pas faux !

Une voiture s'arrêta devant eux. Will le poussa.

— Allez, grand criminel, embarque là-dedans ! Et attention la tête !

L'opération avait échoué. De nombreuses forces de police avaient pourtant été mobilisées, même des hélicoptères avaient atterri dans le désert, prêts à redécoller aussitôt. Andrew et Will s'étaient vus revêtir des gilets pare-balles, pour le cas où cela déraperait. Puis ils avaient attendu, attendu… mais personne n'était venu au rendez-vous. Dimitri était toujours dans la nature… et capable du pire.

Elena allait mieux. Beaucoup mieux. Elle avait dormi, et cela lui avait fait du bien. Elle relâchait la pression et, peu à peu, revenait à la vie. Elle avait mangé, ou plutôt dévoré, et avait retrouvé la parole. Elle se sentait en sécurité, mais se refusait pourtant à évoquer les dernières vingt-quatre heures.

Lorsque Andrew et Will vinrent la retrouver en début d'après-midi, elle les accueillit avec un léger sourire.

— Vous êtes là ?

— Comment vas-tu ? demanda Andrew, d'une voix anxieuse.

— Ça va…

Il se dirigea jusqu'à elle et s'assit sur le rebord du lit en prenant garde à ne pas la gêner. Il fut tenté de lui prendre les mains, mais les bandages le bloquèrent. Il craignait de lui faire mal.

— Je… je suis désolé. Je ne voulais pas que ça arrive…

Elle ne répondit rien, mais baissa les yeux. Elle ne voulait pas en parler. Andrew culpabilisa. Il l'avait quittée des yeux quelques minutes de trop, il n'avait suffi que de quelques minutes pour la plonger en enfer. Pourrait-il se faire pardonner ?

William, resté jusque-là en retrait, jugea le moment venu pour intervenir.

— Tu as voulu explorer le désert *by night* ? Il suffisait de demander, tu sais.

Elle lui sourit.

— Qu'est-ce que je ferais sans vous ?

— Des catastrophes ! Remarque, avec nous aussi, tu en fais ! Ça ne change pas beaucoup.

Il s'approcha davantage et, d'une voix plus douce, demanda :

— Comment tu te sens ?

— Fatiguée… mais ça va.

— On nous a dit que tu pouvais sortir. C'est une bonne nouvelle, non ? dit Andrew.

— Oui.

Elle avait dit ça faiblement. Andrew comprit sa peur, son effroi à l'idée que cela puisse recommencer, que Dimitri ou ses hommes la retrouvent, car cette fois-ci… ce serait la fin.

— Tu n'as rien à craindre. Une patrouille de police va nous suivre, nous protégera. Ça ne se renouvellera pas.

Elle murmura douloureusement :

— Vous m'aviez déjà promis que ça n'arriverait pas.

Will sortit alors de la chambre, en claquant la porte. Elena sursauta et Andrew en fut surpris. Son ami ne l'avait pas habitué à ce genre de réaction. Mais il se concentra sur la jeune Russe.

— Ça ne recommencera pas. Je te le promets. Ce n'est plus qu'une question d'heures avant que Dimitri soit coincé. Et il se doute que tu es protégée. Il ne tentera rien contre toi. Tu peux être tranquille.

Il n'osait toujours pas la toucher, ni même l'effleurer, et laissait de la distance entre eux. Il s'excusa :

— Écoute, je te laisse deux minutes et je reviens. D'accord ? Ensuite, on partira. Et en grandes pompes ! Sous escorte ! À tout de suite…

Il s'apprêtait à sortir, mais se retourna et répéta :

— Je reviens… de suite.

Elle acquiesça et regarda la porte se refermer sur lui. Elle attendait déjà…

Il rejoignit Will dans le couloir.

— Je peux savoir ce qu'il t'a pris ?

— Rien.

— Rien ? Tu claques la porte et tu te barres sans un mot, sans aucune raison ?

— Et alors ?

— C'est quoi le problème, Will ?

Il mit quelques instants avant de répondre, mais avoua :

— Je lui avais promis.

— Promis quoi ?

— Que ça n'arriverait pas. Que je ne le laisserai pas faire. Que je ne laisserai jamais une telle chose se reproduire. Et je n'en ai pas été capable. J'ai trahi sa confiance.

— Et moi, donc ! Will, c'est arrivé. C'est un grand malheur, mais je te l'ai dit, on ne peut pas faire marche arrière. Alors, même si on a failli à notre devoir, on se doit d'être là pour elle. Maintenant, ta culpabilité, tu la ravales, comme j'essaie de le faire !

— C'est de toi qu'elle a besoin.

— De toi aussi ! Elle a besoin de ton humour à la noix, de vos chamailleries. Et moi, j'ai besoin de ton soutien. Alors, reprends-toi. S'il te plaît.

Will le regarda, soupira, et admit à contrecœur :

— C'est bien pour vous. Allez, le Cherokee, on va s'occuper de ta Tsarine !

— Merci, Will.

Et William lui adressa un clin d'œil.

Ils avaient ramené Elena à l'hôtel. Le seul motel existant à des miles à la ronde, planté là, dans le sable, comme une oasis émergeant dans le désert. Alors que son regard embrassait la pièce, Andrew la rassura.

— Tu n'as rien à craindre ici. Viens voir !

Il la guida jusqu'à la fenêtre et lui montra le véhicule de police garé sur le parking et deux agents qui discutaient.

— Rassurée ?

Elle opina en silence, mais murmura :

— Je voudrais prendre une douche.

— Mais oui, bien sûr. Vas-y.

Elle s'enferma dans la salle de bains. Will, resté sur le pas de la porte, demanda :

— Ça va aller, tu crois ?

— Je pense... enfin, j'espère.

— Bon, tu t'occupes d'elle, alors ?

— Oui...

— Je te fais confiance. J'ai du boulot qui m'attend.

— Il faudrait que tu décroches, quand même.

William hocha la tête.

— Oui... mais je ne peux pas. Et puis... si j'ai un moment... j'irais voir si je retrouve Sandy.

— La cowgirl ?

— Oui, j'ai été un peu stoppé sur ma lancée. Faut que je rattrape le coup !

Andrew lui sourit.

— Alors, bonne chance ! Et je n'aurai qu'un mot... Yihaaa !

William se mit à rire.

— Tu l'as dit !

Il s'éloigna, mais se retourna.

— Ça fait du bien de savoir qu'elle est là !

Andrew eut un petit claquement de langue pour approuver et referma la porte. Il posa ses yeux sur l'accès de la salle d'eau. Il n'entrerait pas et respecterait son besoin d'intimité. Un peu désœuvré, et pour tromper son malaise, il s'allongea sur le lit et, les mains derrière la tête, soupira. Enfin, il respirait. Il avait l'impression d'avoir vécu les dernières heures sans oxygène, le souffle court. Il prit une grande inspiration. Il était soulagé.

Andrew regarda sa montre. Cela faisait longtemps qu'elle était dans la salle de bains, et il entendait toujours l'eau couler. Cela l'inquiétait. Il frappa doucement.

— Elena ? Ça va ?

Il n'obtint aucune réponse.

— Elena ! Réponds !

Rien. Un pressentiment le saisit. Il ouvrit la porte et découvrit la jeune femme nue, assise dans la douche, repliée sur elle-même, toute ruisselante. Il ne réfléchit pas. Il ferma les robinets, se saisit d'une serviette et l'enveloppa. Délicatement, il la souleva dans ses bras. Comme une plume, tel un fantôme évanescent tant elle ne pesait pas lourd. Il la sortit de la pièce d'eau et la posa sur le lit avec tendresse tout en caressant ses cheveux mouillés.

— Ça va ?

Elle leva la tête vers lui.

— Je voulais juste prendre une douche…

Il afficha un sourire bienveillant.

— Oui. Il n'y a pas de mal. Ne t'inquiète pas.

— Je suis désolée…

— De quoi ? Tout va bien.

— Je voudrais dormir…

Il tapota les gouttes qui déferlaient encore sur sa peau abîmée et écarta les draps. Elle s'y glissa, et il recouvrit son corps meurtri avec une grande douceur.

— Alors, dors... Dors sans crainte.

Ne voulant pas s'étendre près d'elle de peur de l'effrayer, il garda ses distances et s'assit à même le sol, tout près. La tête posée sur l'oreiller, elle le regardait. Il murmura :

— Dors... Tout va bien...

Sa voix calme, sereine l'apaisait. Elle tendit la main vers lui. Il hésita, l'effleura, mais elle accrocha ses doigts aux siens et les retint prisonniers. Andrew se laissa prendre captif. Ainsi, sa paume dans la sienne, elle ferma les paupières et s'endormit.

Ce fut une main fraîche sur sa joue qui l'éveilla. Il ouvrit les yeux et vit Elena qui souriait. Il se redressa, mais grimaça. Une nuit sur un sol dur et dans une position peu confortable ne lui avait pas réussi.

— Tu as mal ?

— Non, la rassura-t-il. Je suis juste un peu rouillé. Je n'ai plus vingt ans, que veux-tu.

— Tu as dormi ici ? Tu aurais dû t'allonger.

— Je ne voulais pas te... déranger.

Elle lui caressa la joue.

— Tu es un ange.

Alors qu'elle disait cela, son sourire devint légèrement moqueur.

— Un ange qui aurait bien besoin de se raser. Tu piques !

Il rit.

— Je dois t'avouer que ça n'a pas été dans mes dernières préoccupations. Tu as bien dormi ?

— Oui. J'ai faim !

— C'est une bonne maladie, ça. On va manger ?

Elle acquiesça, et, après avoir enfilé quelques vêtements tirés de leurs bagages survivants du dernier carambolage, ils quittèrent la chambre et descendirent au restaurant. Elle demanda :

— Où est Will ?

— Parti à la conquête de l'Ouest !

— Quoi ?

— Il voulait retrouver Sandy, sa cowgirl.

— Il ne perd pas le nord, fit-elle remarquer.

— Je dois t'avouer que, les dernières vingt-quatre heures, il avait perdu le cap, et son navire était en perdition.

— Il a retrouvé sa route ?

Andrew hocha la tête.

— Il n'y a pas que sa route qu'il a retrouvée.

À ces mots, Elena baissa les yeux. Andrew aurait aimé la prendre contre lui, l'embrasser, mais il n'osa pas. Il n'ajouta rien d'autre. Peu de temps après, ils étaient attablés devant une montagne de pancakes qu'Elena dévorait, après les avoir copieusement arrosés de sirop d'érable. Andrew souriait de la voir ainsi. Il se résolut à aborder le sujet qu'il redoutait.

— On en parlera plus jamais si tu veux. Mais…

— Alors, n'en parle pas ! le coupa-t-elle.

— Il faut qu'on le retrouve, on ne peut pas le laisser dans la nature.

— Laisse-le loin de moi !

— Je veux qu'il soit enfermé. Je ne veux pas qu'il soit libre de ses mouvements.

— Et moi, je ne veux pas parler de lui ! cria-t-elle.

Les autres consommateurs se retournèrent. Il parla plus doucement.

— D'accord, d'accord. On en parlera pas. Je te le promets.

Il se rendit alors compte que, lorsqu'elle était entrée dans sa vie en se jetant sur sa voiture, elle lui avait tenu le même discours. Elena était un petit bout de femme déchiré, meurtri, qui tentait à tout prix de survivre. Elle repoussa l'assiette.

— Je n'ai… plus trop faim.

— Pardon.

Il n'avait rien trouvé de mieux à dire. Il respecterait son choix. Mais peut-être que, un jour, elle lui accorderait suffisamment sa confiance pour livrer ce qui alourdissait tant son cœur. Il pensa pour lui-même « Pardon, pardon de ne pas avoir empêché ça ». Mais il resta silencieux. Il garderait également sa culpabilité à l'intérieur.

— Tu devrais vraiment te raser. Un Cheyenne barbu, ça le fait pas, changea-t-elle brusquement de sujet.

Il corrigea, amusé :

— Cherokee ! Pas Cheyenne, Cherokee ! Tu vas le retenir ?

— Quel est mon nom ?

Il esquissa une grimace, elle conclut :

— Donc tu resteras cheyenne, jusqu'à ce que tu saches dire mon nom. Et ça te va très bien d'être cheyenne.

Il sourit.

— Tu n'es pas mal non plus en russe.

Elle pâlit. Il venait de se rendre compte que son compliment était mal venu. Elle ne devait pas se sentir belle en cet instant. Et pourtant, lui la trouvait ravissante, dans sa fragilité. Il se tut. Elena s'était renfermée, et avait baissé les yeux. Il devenait primordial de lui changer les idées.

— Tu crois que Will s'en sort avec sa cowgirl ?

Elle releva la tête, et son regard s'illumina quand elle répondit :

— Il va se prendre un râteau !

Andrew avait réussi. Elena riait. Et même si Will devait le maudire, il ne s'en souciait pas. Elena riait.

William, au téléphone, les rejoignit. Il parlait avec volubilité, mais adressa un clin d'œil à Elena, avant de s'emparer d'un pancake et de mordre dedans.

— Et le monde s'est remis en marche pour William Peters, annonça Andrew, dépité.

Son ami, qui avait terminé sa conversation, vint s'asseoir à leur table.

— Alors, comment ça s'est passé ? demanda Andrew. Avec Elena, on en était presque à prendre des paris. Tu t'es fait jeter ?

— Mes amis, je suis dans le regret de vous dire que je ne vous laisserai pas l'occasion de vous foutre de moi. Sandy et moi… c'est le paradis !

— Ah ! Et tu déménages quand au Texas !?

— Ça va t'en boucher un coin, Garrison, mais elle est de Los Angeles ! Tu ne pourras pas me charrier ! Non, non, non ! Et toi, Miss, comment ça va ?

Andrew répondit pour elle :

— Elle a englouti une pyramide de pancakes !

— Je suis content d'entendre ça.

Elena se baissa et regarda sous la table.

— Quoi ? fit Will, en fronçant les sourcils.

— Je ne vois pas le Stetson, je regardais si tu avais chaussé les santiags !

Will éclata de rire ; Andrew répéta, heureux :

— Le monde s'est vraiment remis en marche pour William Peters !

Il lui avait pris la main. C'était tout ce qu'il se permettrait, pour ne pas l'effrayer, ni la braquer, ni la forcer. Il souhaitait qu'elle choisisse le bon moment pour revenir vers lui. Elle devait rencontrer une nouvelle fois l'inspecteur et refusait d'y aller seule et de parler de ce qu'elle avait vécu, de cette terreur que lui inspirait Dimitri, de ce qu'il lui avait fait, des menaces qu'il avait proférées. Elle ne voulait pas revivre sa fuite, cette peur qui l'avait tenaillée alors qu'elle sautait par la fenêtre, cette douleur sur ces mains lacérées par le verre, ce froid qui l'avait transpercée alors qu'elle traversait le désert, et cette crainte indicible d'être rattrapée. Et le grincement strident des freins de la voiture ! Jamais plus elle ne voulait y repenser, et, pourtant, ces images peuplaient son esprit chaque seconde.

Andrew était à ses côtés, et cela la rassurait. Elle aimait sa façon de se comporter avec elle. Il lui laissait du temps, de la distance... et ne semblait pas la juger. Il ne paraissait pas gêné, il la regardait toujours de la même façon, mais prenait soin d'elle. Et elle appréciait cette douceur, cette assurance, et cette curieuse sensation d'être prise en charge. Il la soutenait. Est-ce qu'elle pourrait l'aimer ? Pour le moment, elle ne s'en sentait pas la force. Elle souhaitait juste le soutien d'un homme qui la respectait et qu'elle ne craignait pas.

L'inspecteur les avait reçus, et immédiatement l'avait harcelée de questions. Elle s'était braquée. Elle ne dirait rien ! Non, elle ne protégeait pas Dimitri ! Elle voulait tout simplement l'oublier, faire comme s'il n'avait jamais existé. Comme s'il n'avait jamais posé les mains sur elle. Elle s'était fermée. Andrew l'avait soustraite à l'interrogatoire et l'avait emmenée dehors. Alors qu'il faisait les cent pas, elle ressentit le besoin d'être honnête.

— Andrew, je... toi et moi...

Il s'arrêta.

— Je sais.

Ils se regardèrent. Elle baissa les yeux la première. Il fallait qu'il lui change les idées. Qu'ils s'éloignent. Un agent venait de sortir de son véhicule. Le moteur tournait toujours. Andrew jeta un œil autour de lui et lança :

— Allez viens, on se barre d'ici ! On va prendre l'air !

Il la fit monter dans la voiture de police, y grimpa vite fait et démarra. Ils quittèrent le parking, sans qu'Elena n'ait eu le temps de se rendre compte de ce qu'il se passait. Andrew l'emmenait loin… loin des flics, loin de ce qu'elle avait vécu, espérait-il, mais à bord d'une voiture de police.

— Tu es dingue ! cria-t-elle, alors qu'ils filaient à toute allure.

Il se mit à rire.

— Il faut croire ! On avait besoin d'une échappée belle !

— Oui, mais là… On passe pas incognito !

Son hilarité redoubla.

— Justement, on ne risque rien.

— À part de se faire serrer par les flics.

Il haussa les épaules.

— Bah, c'est seulement un emprunt.

Malgré elle, elle gloussa et frappa dans ses mains.

— J'y crois pas ! En plus, tu es fier de toi !

— Si ça peut te faire sourire, oui.

Ses yeux se mirent à briller.

— Tu es fou ! déclara-t-elle avec tendresse.

Sans quitter la route du regard, il demanda :

— Alors, où est-ce que je vous emmène, Mademoiselle Peta-je-sais-plus-quoi ?

Elle eut un léger sourire et murmura sans qu'il puisse l'entendre :

— Sur ton île.

Il se gara sur le bas-côté et s'étira.

— Ah ! ça fait du bien !

Elena sortit aussi, étendit les bras, et tourna sur elle-même, paupières closes.

— Oui, ça fait du bien.

Andrew assistait à ce spectacle avec ravissement. Elle s'arrêta, sourit, et s'approcha du mur qui séparait la route des étendues sauvages. Avec agilité, elle grimpa dessus et s'y assit. Elle se perdit dans la contemplation du désert. Le soleil faiblissait, la chaleur était désormais supportable, et une lumière orangée se répandait sur les rocailles et les cactus.

— Viens, l'invita-t-elle.

Il s'installa près d'elle. Elle avait les yeux braqués sur le paysage, et lui, sur son visage éclairé par le soleil couchant. Elle lui reprocha gentiment :

— Le soleil est par là…

— Mais toi, tu es ici.

— Il va bientôt disparaître…

Doucement, il dit :

— Toi, tu as déjà disparu. Je ne te lâche plus.

Elle ne répondit pas et regarda l'astre qui déclinait. Il s'approcha un peu plus. Elle posa la tête sur son épaule. Il n'osa plus faire un geste, de peur de rompre la magie de l'instant.

— C'est beau, murmura-t-elle.

Ce qu'Andrew trouvait beau, c'était la jeune femme qui se libérait peu à peu, qui mettait de côté ses craintes et lui faisait confiance. Et ses traits ! Ils étaient empreints de sérénité.

— Oui, c'est beau, confirma-t-il.

— Merci pour cette échappée belle.

Et le soleil se couchait sur le désert.

La nuit avait envahi leur monde. Et ils n'avaient pas bougé. Avec douceur, Andrew chuchota :

— Il va falloir y aller…

Les yeux perdus dans l'obscurité, elle se mit à parler :

— Il m'a fait mal. Très mal, tu sais. J'ai eu peur. Il m'a enfermée. J'étais dans le noir. Et il est venu. Il était en colère, et quand il est en colère… Il m'a forcée. Je ne voulais pas, mais il s'est servi ! J'aurais voulu qu'il me tue ! Mais il ne m'a pas tuée. Tout ça pour ses foutus diamants ! Il est parti, mais il est revenu ! Et pas seul ! Il disait que je n'étais plus assez « pure » pour lui. Je ne sais pas comment j'ai fait, mais j'ai cassé la vitre, j'ai sauté et j'ai couru dans le désert. Je voyais la route, j'ai couru, couru… j'avais mal… et je l'ai atteinte, cette route. Alors, je l'ai traversée, en espérant… je ne sais pas… J'ai entendu une voiture freiner. Mais je ne suis pas morte. Je suis toujours là. Je ne suis plus rien, mais je suis là…

Andrew l'avait écoutée sans un mot, mais ses paroles l'avaient attaqué au plus profond de lui. Il avait subi l'agression, et cela l'avait rendu malade. Il en avait la nausée d'entendre et de mettre des images sur son calvaire. Dimitri avait ravagé ce petit bout de femme, pour une poignée de cailloux. Il se leva, tourna en rond, le cœur soulevé par la colère, et frappa du poing contre le mur. Elena termina :

— Le désert est si beau au coucher du soleil, et si effrayant la nuit.

Andrew déclara alors :

— Si je pouvais, je ferais que le soleil ne se couche jamais.

Elle lui sourit.

— Je sais… Mais tu comprendras que tu ne peux plus m'aimer.

D'une voix chaude, il lui assura :

— Il y a dix mille façons d'aimer. Tenter d'empêcher le soleil de se coucher en est une.

Malgré l'obscurité, il vit ses yeux briller. Il l'aimait. Même si elle le repoussait, il l'aimait. C'était une évidence.

C'est en silence qu'ils avaient repris la route. Elena regardait filer les lumières des lampadaires, presque obsédée par leur cadence régulière. Andrew, à ses côtés, semblait concentré. Cela lui avait coûté, mais elle avait eu besoin de raconter. Elle avait peur de ce qu'il penserait d'elle, mais elle devait se confesser. Ainsi, un peu de sa souffrance avait été abandonnée au désert.

Des gyrophares la tirèrent de sa rêverie, puis des sirènes retentirent.

— C'est pour nous, tu crois ?

— Je ne veux pas être défaitiste, mais il y a de fortes chances !

Docilement, il se mit sur le bas-côté, et, en quelques secondes, plusieurs hommes les tenaient en joue.

Ils avaient été enfermés au poste. Tous les deux, assis dans une pièce aux murs nus, sans se regarder. Andrew dit cependant :

— Pardon.

— Pourquoi ?

— Parce qu'on se retrouve ici. Je n'avais pas réfléchi à ça.

Elle sourit.

— Ne t'inquiète pas pour ça. Tu m'as offert une belle escapade. Et puis… ici, on ne risque rien.

Il rit.

— C'est sûr !

Elle frissonna et demanda :

— Je peux te poser une question ?

— Vas-y !

— Est-ce que… tu voudrais… me prendre dans tes bras ?

Sans un mot, il vint s'asseoir à ses côtés et replia ses genoux. Elle s'adossa à lui, et il entoura ses épaules de son bras. Sans le voir, elle murmura :

— Merci. J'en avais besoin.

— Je n'osais pas, se justifia-t-il.

— Je sais…

À cet instant, on vint leur ouvrir la porte. Ils reconnurent l'inspecteur, et derrière se tenait William.

— Sortez de là !

Ils se levèrent et suivirent l'inspecteur dans son bureau en passant devant Will, à la mine renfrognée.

— Vous m'expliquez ce qui vous a pris ?

— On voulait simplement faire une balade, se justifia Andrew.

— Avec un de nos véhicules ?!

— On en avait pas d'autres à disposition. Je comptais bien le restituer.

— Encore heureux ! Mais bon sang, si vous vouliez aller faire un tour, dites-le. On vous aurait escortés !

— Ben, justement… c'était un peu l'escorte qu'on fuyait. On avait besoin… d'air.

L'inspecteur soupira.

— Vous avez de la chance de m'être sympathiques. Mais la prochaine fois, prévenez, quoi !

Andrew sourit.

— On essaiera ! Mais… combien de temps on va rester coincés ici ?

— C'est une question de jours, d'heures. Un réseau de Dimitri Portanov a été démantelé à Los Angeles, et une partie de ses hommes arrêtés. L'étau se resserre autour de lui. On va en venir à bout ! Pour bien faire, Miss Pietrakovitch, on aurait besoin de votre concours !

Elle avait blêmi. William intervint :

— Comment ça ?

— Pour l'attirer.

— Vous êtes malade ! cria Will. Vous voulez qu'elle serve d'appât ?! Et puis quoi encore ! Vous croyez qu'elle n'a pas assez morflé comme ça ?!

— D’accord. On oublie. Mais cela aurait accéléré les choses. Là, je ne peux pas vous laisser partir à l’aventure sur les routes et je ne peux pas vous fournir d’escorte sur une longue distance.

— On est coincés ici ? cria Will. Vous savez que je suis attendu à L.A, moi ! J’ai un boulot !

— Je suis désolé, mais je vous demanderai de ne pas quitter la ville. Au-delà, on ne peut plus assurer votre sécurité.

Andrew leva le doigt pour parler.

— J’ai un vol dans quelques jours. J’aurais bien aimé ne pas le louper, cette fois !

— Tant que Portanov court, je ne vous laisse pas partir d’ici. Et si vous ne voulez pas être enfermés, je vous conseille de vous montrer obéissants. Ça ne devrait pas durer trop longtemps. Il se sent traqué. Il y a des barrages sur les routes, il ne pourra pas passer au travers.

— Rassurez-moi, nous ne sommes pas assignés à résidence ? s’informa Andrew.

— Vous le mériteriez. Et je vous promets que si je dois encore lancer mes hommes après vous, vous le serez. Prévenez à chaque déplacement. Et je vous tiens au courant… et Miss Pietrakovitch, si vous souhaitez nous apporter votre aide…

— Vous ne la mêlerez pas à ça, prévint Andrew.

— D’accord ! Allez, vous êtes libres !

En sortant du commissariat, Andrew posa la main sur l’épaule de son ami, reconnaissant.

— Tu es venu nous chercher.

— Ouais, mais j’avais mieux à faire, rétorqua ce dernier sur un ton réprobateur.

— Sandy ?

— Oui, Sandy. Et franchement, je suis déçu par ton comportement. Voler une voiture de police !

— Comme si tu n'avais jamais fait de conneries, toi ! fit remarquer Andrew.

— C'est pas ça. Mais tu critiques ma décapotable et tu te tires dans une bagnole de police. Dans la discrétion, on a fait mieux.

Andrew se mit à rire. Will continua :

— Et avec tes idioties, regarde ça !

Il montra une voiture bas de gamme, avant d'expliquer :

— C'est tout ce que j'ai pu obtenir. L'assurance m'a dans le collimateur. Allez embarquez, mauvaise troupe !

Ils allaient monter, quand Will demanda :

— C'était bien au moins, cette virée ?

Andrew pencha la tête sur le côté.

— Riche en émotions. Très riche en émotions.

XI
Le cœur de William

— Il est dans combien de jours, ton vol ? demanda-t-elle.

Andrew promena son regard autour de lui avant de répondre. Le restaurant de l'hôtel semblait dépeuplé à cette heure, seules quelques tables où des restes de petits déjeuners non débarrassés prouvaient qu'ils n'étaient pas seuls au monde. Rien ne lui permettait de détourner la conversation. Sans autre option, il resta évasif.

— Quelques jours. Ce n'est pas très important.

— Si, quand même…

Il sourit.

— Je crois que je suis parti pour le louper.

Elle n'osait pas. Mais elle aurait aimé le suivre, qu'il lui propose de prendre ce vol avec lui. Peut-être qu'elle en attendait trop ? Elle soupira, devant sa tasse de café vide.

— Qu'est-ce qu'on va faire ici ?

— Je ne sais pas. Du cross dans le désert ? Du golf ?

Elle pouffa.

— Du golf ? Dans le désert ?

— Mais bien sûr ! Ça existe. Sinon, je ne sais pas… Il y a des bibliothèques, des librairies… des billards. On peut même trouver du Line Dance, ici.

Elle éclata de rire.

— Ça pourrait être le paradis, conclut Andrew.

— Ça pourrait, ça pourrait… répéta-t-elle doucement.

Il hésita, mais il couvrit la main d'Elena de la sienne. Elle la tourna et fit glisser ses doigts entre les siens.

— On va s'en sortir, assura-t-il.

Pourquoi avait-il dit ça ? Il ne connaissait pas vraiment lui-même le sens de ses paroles. Se sortir du désert, ou tout simplement se sortir du malaise qui les habitait tous les deux ?

William rompit le silence et la morosité du lieu quand il entra, accompagné d'une jeune femme qu'il présenta :

— Voilà, je vous présente Sandy. Sandy, voici Elena et Andrew. Des amis.

— Enchanté Sandy, salua Andrew, en lui offrant une chaise, avec un demi-sourire.

Il continua :

— Alors, Will et vous ?

William le coupa :

— Quoi ? Ça t'étonne ?

Il se tourna vers Sandy, d'un air dépité.

— C'est pour aller chercher ça au poste que je t'ai abandonnée un instant.

— Will, à ta place, je ne la ramènerais pas trop. Parce que, les séjours au poste, tu en as fait quelques-uns.

— C'est vrai ? firent ensemble Sandy et Elena.

Will fusilla du regard son ami, et se défendit.

— Bah, j'étais jeune !

Andrew l'admit.

— C'est vrai ! Passer la nuit au poste à trente-huit ans pour une soirée de beuverie, c'est une erreur de jeunesse très pardonnable.

— À trente-huit ans ! s'exclamèrent-elles.

Will pointa son doigt vers Andrew.

— C'est toi que j'aurais dû laisser la nuit entière au poste.

Puis à Sandy :

— Oui, bon, j'avais eu une journée assez difficile, j'ai voulu aller me détendre un peu, et… j'ai bu plus que de raison.

— « Plus que de raison » ?! Tu as démoli le bar parce que tu jugeais inconcevable qu'ils ne veuillent plus te servir !

— Et qui a été retrouvé ivre mort sur la banquette d'un pub ?

— Alors, ça, Will, c'est bas ! C'est très bas. Tu veux jouer à ça ? Qui s'est retrouvé coincé dans les toilettes des femmes, on ne sait même pas comment !?

— Qui s'est fait draguer par un travesti ?

Elena et Sandy les écoutaient, leurs regards allant de l'un à l'autre. Ils réglaient leurs comptes sans plus faire attention à elles. Elena réagit pourtant.

— Un travesti ?

Andrew, un peu gêné, expliqua :

— Oui, mais c'était rudement bien fait. C'était trompeur !

Will continuait sur sa lancée, mais Andrew le stoppa d'une œillade menaçante. Elena riait. Elle en oubliait presque les derniers événements. Presque… Elle se pencha par-dessus la table et embrassa Andrew, en lui murmurant :

— Merci.

Dans la chambre qu'ils avaient rejointe — ils n'avaient que peu de choix concernant les lieux d'escapade dans cette ville désertique, exception faite du café, de l'hôtel, du restaurant… et du poste de police — ils se tenaient face à face, leurs mains entremêlées. Andrew sourit, embarrassé.

— Je suis désolé que tu aies entendu tout ça sur moi.

— Pourquoi ? demanda-t-elle, mielleuse.

— Tu vas me prendre pour un cinglé.

— Tu sais, il t'a suffi de braquer une voiture de police pour « prendre l'air » pour que je me fasse une idée sur toi.

— Et ça ne t'effraye pas ?

— Non. Tu es « normal ». Même si voler une voiture de police, ce n'est pas banal.

— Tu… tu m'as embrassé tout à l'heure ?

— Oui…

— Et moi ? Je peux ?

Elle leva le visage vers lui, il s'approcha et, délicatement, effleura ses lèvres. Du pouce, il caressa sa joue, descendit le long de son cou et s'arrêta sur son épaule. Il stoppa brusquement et chuchota :

— Pas encore ?

Elle ne dit mot, mais ses yeux l'implorèrent. Il déclara dans un sourire :

— Pas encore.

Il l'embrassa un peu plus fort, avant de se détacher d'elle.

— Tu veux que je te laisse ?

Elle secoua la tête.

— D'accord, je reste.

Alors, elle se jeta à son cou et le serra fort. Il murmura à son oreille :

— Je suis là, je suis là…

Elle s'était allongée, Andrew avait ramené le drap sur elle. Il lui avait caressé les cheveux quelques instants avant de se lever. Elle se redressa, paniquée.

— Où tu vas ?

— Juste sur le fauteuil, là. Je ne te laisse pas.

— Reste près de moi. Je t'en prie.

— D'accord.

Il vint s'étendre près d'elle en laissant une distance entre eux. Le désir commençait à l'envahir, mais il ne voulait pas se montrer pressant. Elle seule déciderait de l'instant où elle serait prête. Il la sentit bouger et, imperceptiblement, sa jambe vint toucher la sienne. Puis elle se rapprocha, et il perçut son corps tout près du sien. Il n'esquissa plus aucun mouvement. Et peu à peu, elle se colla à lui. Elle passa son bras autour de sa taille et s'accrocha à lui comme à une bouée. Il posa sa main sur la sienne. Le corps d'Elena blotti contre le sien, il retint sa respiration alors qu'elle sombrait dans le sommeil.

William s'avachit dans le canapé de sa suite. Quitte à être condamné à rester en ce lieu qui, pour lui, manquait de faste et d'animations, autant qu'il s'y trouve à son aise. Il avait donc troqué sa petite chambre, trop sinistre à son goût, pour l'unique appartement-terrasse de l'établissement. Le panorama manquait un peu de diversité, mais il retrouvait un peu de cette vie qu'il avait laissée à Los Angeles.

— Je suis désolé, s'excusa-t-il.

— Pourquoi ? demanda Sandy qui stoppa sa contemplation de l'immensité désertique.

— Pour tout. Pour les flics qui t'ont considérée comme une grande criminelle, pour cette situation dans laquelle je t'entraîne, et pour Andy qui ne s'est pas montré un ami à la hauteur.

— Moi je l'ai trouvé sympa. Il m'a fait rire.

— Justement ! Mets-toi à ma place. Tu crois que je suis heureux qu'il ait dévoilé tous mes petits secrets ?

— Tu préfères jouer les mystérieux ?

Il rit.

— Si ça peut m'éviter de passer pour un con, oui.

— Pour un con, non. Pour un type normal, oui… Will… je vais rentrer à Los Angeles.

— Ah oui ? réagit-il avec une moue déçue.

— Oui. J'ai mon travail qui m'attend, et…

— On se retrouvera là-bas ?

— La balle est dans ton camp.

— Sandy, je ne sais pas quand je vais pouvoir rentrer, prévint-il.

— Tu me feras signe ?

— Oui. Oh oui ! mais… et si on prenait de l'avance ?

Elle se laissa entraîner sur le canapé, et Will profita des derniers instants qu'il aurait avec Sandy avant longtemps.

Elena s'était levée. La porte de la salle de bains était ouverte. Elle y entra et découvrit Andrew devant le lavabo. Il avait revêtu un jean et, torse nu, il se rasait. Il vit la jeune femme dans le miroir et demanda au reflet :

— Bien dormi ?

Elle se tenait dans l'encoignure de la porte.

— Oui.

Elle s'avança légèrement.

— Tu te rases ?

Il sourit :

— Oui, vu les remarques que tu m'as faites, il était temps !

Elle baissa les yeux et confessa tout bas :

— Dimitri a une barbe.

Il se retourna et se dirigea vers elle. Du pouce, il lui releva le menton.

— Regarde-moi !

Elle résistait un peu.

— Regarde-moi, s'il te plaît.

Alors, elle n'eut d'autre alternative que d'obéir.

— Regarde-moi, Elena. Je ne suis pas Dimitri.

— Je sais…

— Je ne suis pas russe. Je suis américain. Et cherokee. Et je m'appelle Andrew Garrison. Regarde-moi bien. Je suis un type normal. J'ai des montagnes de défauts. Mais je ne suis pas Dimitri.

Pour seule réponse, du doigt, elle retira un peu de mousse qui lui restait sur la joue.

Will les rejoignit pour le petit déjeuner. Il retira ses lunettes de soleil et les jeta négligemment sur la table.

— Tu n'as pas beaucoup dormi, toi, fit remarquer Andrew

— Garde tes réflexions pour toi.

— Sandy ? demanda-t-il innocemment.

— Fous-moi la paix ! D'ailleurs, comment vous la trouvez ?

— Super gentille, reconnut Elena.

— On aurait dit un ado attardé qui présentait sa copine à ses parents, lança Andrew, se retenant de rire.

Will le fusilla du regard.

— En matière d'ado attardé, je me ferais tout petit si j'étais toi : je suis venu te chercher au poste hier, je te rappelle.

— C'est bon, Will, on va pas recommencer. Si tu as passé une bonne nuit, pourquoi tu es sur les nerfs ?

Il soupira. Il jouait nerveusement avec des couverts.

— Parce qu'elle s'en va…

— Elle va où ? s'enquit Elena.

— À Los Angeles. Elle part, et, moi, je suis coincé ici.

Et il lança une cuillère à travers la table.

— Tu es accro, alors ? s'étonna Andrew.

— Ça te surprend ? Je suis condamné à moisir dans ce désert en attendant que l'autre se fasse serrer. Et Sandy… elle part ! Et ça me met hors de moi !

Elena fut touchée. Will, derrière ses allures de flambeur, était très sensible. Elle proposa :

— Et si j'aidais l'inspecteur…

— NON ! hurlèrent en même temps Will et Andy.

Elena ne put s'empêcher de rire devant leur réaction. Will continua :

— C'est juste que… être ici avec comme seules alternatives : tenir la chandelle ou se taper la compagnie de deux flics, alors que je pourrais être sur la route de L.A avec Sandy, il y a de quoi être frustré. Sinon, vous, les enfants, ça va ?

Elena jeta un regard vers Andrew :

— Ça va. Surtout depuis qu'il s'est rasé. J'ai retrouvé mon Cheyenne.

Andrew corrigea pour lui-même :

— Cherokee.

Will commanda deux cafés à emporter. Andrew fronça les sourcils. Elena prévint :

— C'est de dormir dont tu aurais besoin, plutôt que de caféine !

— C'est pas pour moi. C'est pour Heckel et Jeckel, dehors, dit-il en désignant la fenêtre par laquelle on voyait les deux agents préposés à leur protection. Ils me font pitié !

Andrew sourit.

— Tu as raison, fonce ! Il est temps de te faire de nouveaux potes.

— Ton humour me déprime, Andy.

— Évite de leur parler de tes chemises, suggéra Elena, taquine.

Will la pointa du doigt :

— Toi, tu passes trop de temps avec lui. Allez, bye, les tourtereaux ! Et puis, qu'est-ce qu'elles ont, mes chemises ? Elles sont très bien, mes chemises ! maugréa-t-il en sortant.

XII
Chasse

— Elena ?

Andrew rentra dans la chambre.

— Elena !

Il n'obtint aucune réponse. Il frappa à la porte de la salle de bains.

— Tu es là ?

Rien. Il commençait à s'inquiéter. Elle lui avait dit qu'elle partait chercher une veste et qu'elle le rejoignait. Il avait voulu l'accompagner, mais elle l'en avait dissuadé. Après tout, elle ne risquait plus rien ! Il avait admis qu'elle avait raison et avait sagement patienté jusqu'à son retour. Mais elle n'était pas revenue. Il avait pris le parti de s'assurer que tout allait bien. Même si elle reprenait le dessus, elle était si fragile... Mais il ne la trouva nulle part. Et sur le lit était posée la veste, comme elle l'avait laissée. Une affreuse impression de déjà-vu le saisit. Il sortit rapidement et appela l'ascenseur, le cœur battant à tout rompre. Il n'arriva pas assez vite à son goût. Il donna un coup de poing rageur sur la cabine et descendit l'escalier en courant. Tendu, pressé, il sauta les quatre dernières marches, traversa la réception guettant la jeune femme du regard, puis poussa la porte et se retrouva dehors. Pas de trace d'Elena. Ni même des policiers. Il fit le tour de la bâtisse et tomba sur Will, assis à même le sol du parking, au téléphone. Ce dernier leva les yeux en le voyant débouler ainsi.

— Elena ? Elle est où ? l'agressa Andrew en le secouant par le col.

William fronça les sourcils. Il informa son interlocuteur :

— Je te rappelle.

Puis, un peu énervé, il s'exclama :

— Quoi, elle est où Elena ? Elle est pas avec toi ?

— Si elle était avec moi, je te demanderais pas si tu l'as vue ! Où elle est ?

— Mais j'en sais rien, moi ! Je ne l'ai pas vue ! Ça fait une heure que je traite mes affaires ! J'ai vu personne !

— Et les flics ? Ils sont où ?

— Mais j'en sais rien, putain, Andy !

Ce dernier se mit à hurler.

— Merde, merde et merde !

Armé de sang-froid, William appela l'inspecteur.

— William Peters à l'appareil ! Elena et vos chiens de garde ont disparu !... Quoi ?... Elle, quoi ?... Vous rigolez ?... Vous auriez pu nous prévenir quand même ! J'en ai un prêt à déclarer une guerre mondiale, là ! On arrive !... Comment ça, non ? Vous vous foutez de notre gueule ? Et pas de menaces ! On arrive ! J'en ai rien à foutre, inspecteur, j'ai un compte à régler avec lui !

Il raccrocha.

— On y va !

— Où ?

— À la chasse ! fut la réponse peu rassurante, de Will.

— Bon, je te pète la gueule ou tu me racontes tout ? menaça Andrew dans la voiture, alors qu'ils filaient sur la route.

— Si tu me pètes la gueule, on va droit dans le fossé, et tu ne sauras jamais.

— Accouche !

— Calamity Jane a voulu jouer les héroïnes. Elle est en train de jouer les appâts, si tu veux tout savoir.

— C'est pas vrai !

— Tu préfères que je te réponde quoi ? Oui ou non ?

— Mais pourquoi elle a fait ça ? Elle est folle ? Je lui avais dit de ne pas le faire !

— Et depuis quand elle écoute ?

— Et on va où, là ? se renseigna Andrew, tout en roulant à plein régime et sans aucun égard pour le code de la route.

— La récupérer, tiens !

— On t'a dit de ne pas venir, c'est ça ?!

— Et depuis quand on écoute ?

— J'espère qu'on va arriver à temps pour éviter ça.

Il avait murmuré. Andrew voyait le paysage défiler tel un songe, tel un mirage, et, intérieurement, il priait pour que tout cela ne soit qu'un cauchemar, pour se réveiller aux côtés d'Elena, pour…

— J'espère aussi. Ils sont dans un ancien hôtel désaffecté sur la 179. Je ne savais même pas qu'il pouvait y avoir un truc comme ça dans le coin !

Ils avaient bifurqué sur une petite route, en plein milieu de nulle part. Au loin, il devinait la voie rapide que la jeune femme avait traversée. Andrew commençait à repérer le trajet qu'Elena avait parcouru en pleine nuit. Elle devait être terrifiée. Et il découvrit la petite bâtisse d'où elle avait sauté, où elle avait été retenue, où elle… Il serra le poing. De nombreux véhicules de police étaient déjà sur place et formaient un barrage. Immanquablement, ils ne purent forcer l'accès. Le pied de William se contractait sur l'accélérateur et brûlait d'appuyer dessus, mais il se retint… avec difficulté.

— Elena ? demanda Andrew, sans sortir de voiture.

L'inspecteur vint alors à leur rencontre en hurlant et gesticulant :

— Qu'est-ce que vous foutez là ?

— Elle est où ? fit de même Andrew.

— Partie ! Envolée !

— Quoi ? s'exclamèrent Will et Andy.

— On a chopé tout le groupe ! Mais il nous en manque un ! Et il s'est barré avec elle !

— Quoi ? répétèrent-ils en choeur.

— Portanov l'a embarquée dans le désert ! Mes hommes sont sur…

Il n'eut pas le temps de terminer sa phrase que, sans se concerter, Will et Andrew redémarrèrent, sortirent de la route, et lancèrent la voiture dans le désert. Ils n'entendirent pas l'inspecteur qui criait :

— Vous allez vous ensabler !

Ils roulaient à tombeau ouvert. Le véhicule bondissait sur les dunes, heurtait des rocailles, écrasait les cactus, propulsait sur les côtés un amas de poussière. Ils dépassèrent à toute allure des hommes à pied qui les regardèrent, ahuris, et, devant, ils distinguèrent deux silhouettes. Un homme, vêtu de noir, qui tirait derrière lui une femme, peinant à avancer.

— Elena ! appela Andrew.

Mais elle était loin, trop loin. Elle n'entendait pas. La voiture fit un bond en avant et stoppa net.

— Merde ! ragea Will.

Il remit le contact, mais les pneus patinèrent dans le sable.

— On s'est enlisés !

Andrew, sans plus attendre, s'extirpa de la carrosserie hors d'usage et se lança de toutes ses forces à la poursuite de l'ombre noire qui emmenait la femme qu'il aimait. Will le suivait de près. Andrew courait, courait. Il voyait Elena qui faiblissait, qui ralentissait Dimitri. Cela lui donna presque du baume au cœur car il gagnait du terrain. Concentrés sur les obstacles sur leur chemin, les fuyards ne le voyaient pas approcher. Andrew voulut appeler, mais il se raisonna. Donner l'alerte risquait de creuser de nouveau l'écart entre la captive et lui. Dans un geste vain, il tendit le bras, il était encore trop loin. Il redoubla d'efforts et, dans un élan qu'il n'aurait jamais cru possible, il bondit. Sans que son ennemi ne s'y attende, il terrassa Dimitri. Ce dernier s'écroula sous son poids, surpris, et lâcha Elena. Elle s'éloigna en criant, trébuchant. Andrew, fou de rage, frappa sans laisser de répit à son adversaire, mais Dimitri profita d'un moment de faiblesse, dû à la fatigue de la course, pour répliquer. Il propulsa Andrew sur le sol et se jeta sur lui. Il lui envoya son poing en pleine mâchoire ; Andrew sentit sa pommette exploser. Dimitri tenta de l'étrangler ; à bout de souffle, ce dernier commençait à manquer d'air et entendait les hurlements d'Elena alors qu'il se voyait partir. Doucement, avec regret, rage, il capitulait. Mais soudain, la masse de Dimitri s'effondra sur le côté, et l'air entra à nouveau dans ses poumons. Il vit Will se ruer sur lui, armé d'une caillasse, et s'acharner, s'acharner…

La police arrivait… Ils retirèrent la pierre des mains de Will, en furie, et le relevèrent. Andrew, à genoux, mal en point, respirait mal. La chaleur l'accablait. Elena se précipita vers lui et lui prit le visage entre ses mains, qui se couvrirent peu à peu de son sang.

— Andy… dit-elle tendrement.

— Comment tu vas ? bredouilla-t-il, encore sonné.

Elle sourit.

— Ça va ! Ça va…

Will restait à distance. Elle abandonna Andrew un instant, s'approcha doucement de lui.. Il la regarda puis, en considérant la masse de Dimitri sur laquelle se penchaient les agents, il s'excusa :

— Je t'avais dit que je le découperai en rondelles et le ferai brûler à petit feu ! J'ai pas pu finir la besogne ! Je suis désolé !

Elle noua ses bras autour de son cou et le serra contre elle.

— Will…

Il lui donna trois petites tapes dans le dos et détourna son attention.

— Ton Cherokee est mal en point…

Elle retourna vers Andrew, dont le sang commençait à se répandre sur le sol.

— Ça va ?

— Je ne sais pas… C'est plus de mon âge, ces conneries !

Elle caressa ses traits abîmés, enleva les grains de sable qui le parsemait.

— Je ne t'ai jamais demandé de jouer les héros.

— Je ne l'aurais pas fait, si tu n'avais pas voulu jouer les héroïnes.

Elle l'aida à se relever, mais ses jambes lâchèrent, et il retomba dans la poussière.

— Andy ! hurla-t-elle, alors qu'il restait allongé, les yeux dans le vide.

— Andy ?! s'écria Will, paniqué.

Andrew ne voyait que le ciel bleu et le soleil qui l'éblouissait. La lumière fut masquée par le visage d'Elena. Un visage inquiet, et pourtant si beau, comme ce soir où le coucher de soleil avait embrasé les traits de la jeune femme. Il sourit. Il sentait qu'on lui passait de l'eau sur le visage, qu'on le soulevait, qu'on l'asseyait sur le sol, et, peu à peu, il reprit ses esprits. Il respira lentement. Elena s'agenouilla devant lui, anxieuse. Il tendit la main vers elle.

— Ça va…

Il prit conscience que la police s'affairait autour d'eux et entendit la voix de l'inspecteur.

— Les secours arrivent. Restez tranquille.

Will se pencha vers son ami et lança d'une voix peu assurée :

— Tu nous as fait quoi là ? Tu as voulu faire durer le suspense ?

Les couleurs ravivèrent le teint blafard d'Andrew, alors Will continua :

— T'as eu beau faire, tu n'as pas gagné au jeu de la gueule la plus amochée ! Tu n'es pas à la hauteur, mon pote !

Elena s'était assise près d'Andrew qui glissa, en grimaçant, un bras autour de ses épaules. Will, se sentant un peu de trop, s'éloigna et rejoignit l'inspecteur qui considérait la voiture.

— Je vous l'avais dit, que vous alliez vous ensabler.

— Je suis un peu dur d'oreille, se justifia Will. Vous croyez que la dépanneuse va venir jusqu'ici ?

— Vous avez une bonne assurance ?

— Ben, ils ne m'ont pas trop à la bonne ces derniers temps.

— Vous avez bousillé combien de voitures ?

— C'est la troisième… en une semaine !

— Alors, ils vont vraiment faire la gueule !

— Comment je rentre à Los Angeles, moi ?

L'inspecteur lui posa la main sur l'épaule.

— On va se débrouiller. Si vous me promettez d'aller faire vos conneries ailleurs.

Will rit.

— Vous inquiétez pas ! Le désert, maintenant, je vais le fuir !

Elena et Andrew étaient toujours assis côte à côte, dans les bras l'un de l'autre. À profiter seulement de la présence de l'autre. Heureux, soulagés, et pourtant le cœur battant encore la chamade. Andrew ferma les yeux, et pendant un instant le vent chaud courut sur ses traits tuméfiés, lui apportant le parfum d'Elena par vagues. Il demanda :

— Dis… si j'arrive à avoir mon vol… tu voudrais que je t'emmène sur mon île ?

Andrew avait été pris en charge par une équipe médicale et il s'en sortait avec quelques contusions et ecchymoses. Aucune trace de son malaise, et cela lui laissait entrevoir un retour à la maison dans un futur proche. Avant cela, ils avaient, tous les trois, été convoqués par l'inspecteur. William s'était vite inquiété.

— Je l'ai tué ?

— Non… enfin, pas encore !

— Je risque quelque chose ?

— À part mon pied au cul pour ne pas avoir écouté, on va dire que c'était de la légitime défense.

— Et les diamants ? s'enquit Andrew, en prenant la main d'Elena.

— On va passer l'éponge. Ils ont été restitués. Et la demoiselle a compensé en nous prêtant son concours.

— Alors, on peut rentrer à Los Angeles ? demanda fébrilement Will.

— Mieux que ça ! On va vous escorter !

— Nous escorter ? Mais on ne craint plus rien.

— Non, mais je veux être sûr que vous quittiez mon district.

Will eut un sourire.

— Vous dites ça, mais quand on sera partis, vous allez vous ennuyer. Parce que franchement, dans votre bled ensablé, il n'y a pas trop d'excitations.

— Ça vous dirait, Monsieur Peters, de faire partie de nos services ?

Un éclat de rire général salua cette proposition.

— Non, non merci ! Moi, j'ai besoin de stress, de litres de caféine, de journées doubles et de nuits très courtes ! La vie ici est trop… paisible !

— Je vois… si jamais vous changez d'avis… Allez, disparaissez !

Ils sortirent, heureux de pouvoir enfin quitter la petite ville, de regagner Los Angeles, et Andrew, au comble de la joie, de ne pas rater son vol. Will demanda :

— Elena, il est temps que je te pose une question ? Pourquoi diable as-tu fait ça ?

Elle pencha la tête.

— Ben… tu semblais malheureux. Je voulais que tu rejoignes le plus vite possible Sandy.

Il sourit.

— Tu es trop mignonne. Tu es une catastrophe ambulante, mais tu es trop mignonne. Et dis-moi… maintenant que c'est Andy qui a une tête de catcheur… toi et moi ?

Elle ouvrit de grands yeux, surprise. La tête d'Andrew à cet instant lui procura un sentiment de triomphe.

— Je t'ai eu, mon pote ! Un point pour moi !

— Tu es un grand malade !

Un véhicule les attendait en bas des marches du commissariat. Cela sonnait la fin de leurs péripéties, semblait-il. Retour au point zéro, juste avant que leur chemin ait bifurqué. Est-ce qu'ils pourraient reprendre une vie normale ? Andrew chassa vite ces pensées, car rien ne serait plus normal, désormais. Il ne le souhaitait pas, d'ailleurs. Pour balayer cet instant qui les laissait songeurs, Andrew lança en considérant la voiture :

— Même pas décapotable ! Tu dois être déçu, mon pote !

Will haussa les épaules, en chaussant ses lunettes de soleil.

— N'ont aucune notion de la classe, ici ! C'est à déprimer ! Allez, les enfants, embarquez ! Papa vous ramène à la maison !

XIII

Emmène-moi… et ne m'oublie pas

La police les avait escortés pendant quatre-vingts miles, avant de les laisser continuer seuls. Des miles pendant lesquels Elena, Will et Andrew restèrent silencieux, s'attendant à un revirement soudain. Une fois que les pneus purent se défouler librement sur le bitume, Will sembla revivre — il chantait en conduisant —, et Andrew et Elena s'étaient relâchés, confortablement installés dans les bras l'un de l'autre.

— Ça va ? Vous n'avez pas trop l'impression que je vous sers de chauffeur ? s'interrompit Will.

— Non, non. Regarde la route, conseilla Andrew, en embrassant Elena. Et s'il te plaît, ne nous espionne pas dans le rétro. Et baisse d'un ton, parce que ta sérénade commence à m'énerver.

Will n'eut pas l'occasion de rétorquer et de se lancer dans une joute verbale, car son portable, posé sur le siège passager, sonna. Il fronça les sourcils et regarda qui l'appelait.

— On va s'arrêter, informa-t-il.

— Oh non ! protestèrent Andy et Elena, pressés de regagner Los Angeles.

— Désolé, mais c'est important. Et vu que c'est moi qui conduis…

Il se gara sur le bas-côté et répondit :

— William Peters ! Oui, oui, j'ai bien eu votre message. Nous…

Andrew et Elena sortirent de la voiture afin de se détendre et surtout pour ne plus écouter les conversations professionnelles de Will. Ils étaient confrontés au vent qui soufflait et faisait voler les cheveux d'Elena. Le désert avait peu à peu cédé sa place à des étendues d'herbes sauvages. Andrew regardait la jeune femme s'offrir au zéphyr, les bras tendus. Il sourit.

— Elena ? Tu ne m'as pas répondu.

— À quoi ?

— À ma question.

Elle revint vers lui et lui prit les mains.

— Tu m'as posé une question ?

Il détourna la tête quelques secondes. Gêné, il se mordit les lèvres et osa :

— Oui. Peut-être que tu as cru que je délirais, ou je ne sais pas… Mais…

Elle le considérait tendrement. Il rit, embarrassé.

— Ne me regarde pas comme ça !

— Je t'écoute, dit-elle doucement.

Andrew s'attarda un instant sur la route où des voitures filaient à toute allure. Il prit une grande inspiration et lâcha enfin :

— Tu ne voudrais pas venir avec moi sur mon île ?

Elle pencha la tête.

— Et qu'est-ce qu'on y ferait ?

— Je ne sais pas… un élevage de lamas !

Pour toute réponse, la tendresse envahit ses yeux.

— Alors ? insista-t-il, anxieux.

— S'il y a une petite place pour moi, ça me tenterait bien.

Andrew inspira fort, soulagé.

— Il y a toute la place que tu veux. Ma vie était tellement vide…

Elle se hissa sur la pointe des pieds et l'embrassa, puis se détacha de lui.

— Bon, Will, qu'est-ce qu'il fait encore ?

— Il bosse.

— Il faut qu'il apprenne qu'il y a un temps pour tout !

Elle fit le tour de la voiture et se pencha à la vitre de Will. Ce dernier s'étonna :

— Quoi ?

Elena lui déroba son téléphone, le lança par-dessus son épaule. Celui-ci atterrit sur la route. Will en resta bouche bée.

— Tu as fait quoi, là ?

— On en a marre que tu passes tes journées au téléphone ! C'est pas ça, la vie !

Il ouvrit sa portière, la repoussa, prêt à se jeter sur son appareil, mais un camion roula dessus et l'explosa en mille morceaux. Will resta hébété quelques secondes à la vue de ce spectacle, puis hurla :

— Non, mais ça va pas ! Tu es malade !

— Ce n'est qu'un téléphone, fit remarquer Andrew.

— Toi, te mêle pas de ça ! C'est entre elle et moi !

— Je suis désolée… dit-elle, en reculant.

— Tu es désolée ? Désolée ? Tu sais que j'étais en train de traiter une affaire ? Tu es désolée ! Mais pourquoi tu as fait ça, bon sang ?

— Parce que je te préfère quand tu n'as pas l'oreille collée au téléphone. Je te préfère quand tu es avec nous. Et je ne pensais pas qu'il se casserait.

Will éclata d'un grand rire nerveux.

— Tu ne pensais pas qu'il se casserait ? Tu le balances sur la route et tu crois qu'il va rester intact ?

— Je suis désolée…

Il soupira.

— Ben finalement, je suis bien content que tu aies choisi Andy. La route va être longue, je le sens, la route va être longue !

— Tu m'en veux ?

Andrew s'approcha.

— N'en rajoute pas. Il est en mode frustration suprême. Tu l'as amputé d'une partie de lui-même, là !

— Andy, ta gueule ! Montez !

— Tu veux que je conduise ? proposa Andrew.

— Non. Faut que je me calme, là ! Elena… tu… tu as vraiment de la chance que je t'adore !

Ils remontèrent en voiture, Will claqua sa portière, montrant bien son état d'exaspération, et, dans un magnifique dérapage, ils reprirent la route.

— Je ne t'imaginais pas aussi matérialiste.

— Andy, ta gueule !

Ils s'étaient arrêtés pour la nuit dans un petit motel à la sortie de l'autoroute. Un de ces établissements qui poussent là, à la jonction d'une grande agglomération, surtout fréquenté par des routiers. C'est d'ailleurs entre deux poids lourds qu'ils se garèrent. William avait légèrement décoléré, mais restait tendu et, prudente, Elena évitait son regard. Elle se rendait compte qu'elle avait poussé un peu, et s'en voulait.

— Allons, d'ici demain, tu seras de retour chez toi. Tu vas retrouver ton travail, et tout rentrera dans l'ordre. C'est pas la fin du monde, le rassura Andrew, à l'accueil de l'hôtel. Tu n'as qu'à faire comme si on te l'avait piqué.

— Mais on ne me l'a pas piqué ! On me l'a purement et simplement détruit et pulvérisé ! Et je dis « on », pour ne pas donner de nom !

— Tu fais pitié, Will. On dirait une âme perdue qui se lamente.

— Andy, tais-toi ! Et tiens, ce soir, c'est toi qui payes l'hôtel ! Faut que je fasse des économies pour me payer un nouveau portable !

Elena se cachait derrière Andrew qui se retenait de rire, alors qu'il prenait les clefs des chambres. Will s'éloigna, sans s'occuper d'eux, mais finit par se retourner :

— Je vous souhaite une bonne soirée. Je ne pourrais même pas appeler Sandy, alors si vous me cherchez, je noierai mon désespoir au bar.

Andrew adopta une mine affligée.

— C'est trop triste. Ta vie est vraiment trop dure.

— Tu fais chier !

Elena courut jusqu'à lui et se jeta à son cou.

— Pardon, Will, pardon !

Il soupira.

— Je ne sais pas pourquoi, mais je t'adore quand même. Me rendre dingue, ça fait partie de ton charme. Bonne soirée, vous deux !

Il s'éloigna pour de bon et alla s'enfermer dans sa chambre. Elena regarda Andrew, soucieuse.

— Il m'en veut, tu crois ?

— Il aura oublié demain, ne t'inquiète pas…

— Je suis allée trop loin ?

— Un petit peu, oui… tu as passé la frontière, là. Mais c'est pas grave. Il l'avait mérité. Allez, avance.

Vu qu'elle ne bougeait pas, il la chatouilla dans le creux des hanches. Elle esquiva et monta l'étage, Andrew sur ses pas.

Ils entrèrent dans la chambre obscure. Andrew se hâta d'allumer la lumière. Elena promena son regard autour d'elle. Des murs blanc un peu passé, une peinture écaillée et quelques tableaux censés égayer le lieu, mais de mauvais goût pour l'amateur d'art qu'était Elena. Un lit, avec un dessus-de-lit terne…

— C'est une chambre ! commenta Andrew. Tout simplement. Tu n'as rien à craindre.

— Je sais… C'est comment chez toi ?

— Chez moi ? C'est une petite maison de pierre au milieu des collines. Un peu plus loin, il y a les falaises qui se jettent dans la mer.

— Une petite maison ?

Il s'approcha par derrière et la prit dans ses bras. Il la berçait tout doucement, son visage dans son cou.

— Oui, toute petite. Avec une toute petite chambre. Il faudra qu'on se tienne serrés l'un contre l'autre.

— Tout le temps ?

— Oui, tout le temps. On ne pourra pas se décoller l'un de l'autre.

Elle sourit.

— Ça ne va pas être très pratique.

— On ne fera qu'un.

Elle se retourna, les mains de son amant toujours posées sur ses hanches.

— On sera heureux ?

— Je ferai tout pour.

— Alors, emmène-moi… emmène-moi maintenant vers ton paradis.

Il dégagea quelques mèches de cheveux de son visage et déposa un léger baiser sur ses lèvres.

— Alors, viens… murmura-t-il. Viens !

Il la souleva, elle accrocha ses jambes autour de sa taille, et ils basculèrent doucement, tendrement sur le lit.

Après avoir trompé sa solitude en zappant les chaînes de la télé, Will avait tenu parole et s'était réfugié au bar, où il avait plongé son regard dans un verre de whisky. Il se sentait démuni, impuissant… Il ne pouvait se changer les idées en se lançant à corps perdu dans le travail. Il était désœuvré… et seul. Il fit tourner le glaçon dans son verre qui alla cogner les parois et le posa un peu brutalement. Des gouttes s'éparpillèrent sur le comptoir. Il interpella le barman.

— Je pourrais avoir le téléphone, s'il vous plaît ?

L'homme le lui donna. Will composa un numéro et attendit. Puis, il se mit à sourire.

— Sandy ? C'est moi. Attends-moi, je rentre…

— Tu l'aimais ?

Andrew resta silencieux, le regard rivé sur les mains d'Elena, qu'il tenait dans les siennes.

— Dis-moi… tu l'aimais vraiment ?

Il se redressa sur le lit et s'adossa au mur.

— Est-ce vraiment important ?

— Tu l'aimais, alors, affirma-t-elle.

— Qu'est-ce que ça change ? C'était avant. Je me suis fait avoir, c'est tout.

— C'est à cause d'elle que tu as fui ?

Il soupira.

— À cause d'elle et de tout le reste.

Elle eut un sourire.

— Tu es comme moi, tu as fui.

Il l'attira contre lui et dévia le sujet.

— Ce n'est pas un paradis comme Will se les imagine. Il n'y a pas de cocotiers, d'eau turquoise et de soleil brûlant. Il y a du vent, des falaises abruptes et beaucoup de pluie. Mais j'y ai trouvé la paix.

— Tu as dû le maudire quand il t'a ramené aux États-Unis.

— Oh ! oui ! Je lui en ai voulu. Il m'a pris en traître. Surtout quand une voisine, folle furieuse, est venue me déranger pendant ma douche… j'ai atteint le paroxysme de la colère.

Elle rit.

— Le paroxysme, rien que ça !

— Oui, oui, qu'est-ce que tu crois ? J'ai du vocabulaire quand j'évoque ton intervention dans ma vie.

— Tu prenais une douche ? J'ai toujours cru que tu faisais un barbecue.

— Très drôle !

— Si tu ne t'étais pas garé comme un Cheyenne aussi !

Il murmura :

— Cherokee.

D'un coude appuyé sur son torse, elle se mit face à lui.

— Tu regrettes toujours d'être revenu ?

Il tira gentiment sur des petites mèches de cheveux qui encadraient son visage.

— Qu'est-ce que tu en penses, toi ?

— Je ne sais pas. Tu as passé ton temps à fuir aussi.

D'un léger hochement de tête, il admit.

— C'est sûr… Mais ce n'est pas toi que je fuyais ! Non, je ne regrette pas… je vais rentrer plus riche sur mon île. Je vais sûrement perdre en sérénité, mais je vais être beaucoup plus riche que si j'avais une montagne de diamants. Je crois que mon havre de paix va être la cible d'une tornade.

Il lui lança une œillade taquine. Elle l'embrassa.

— C'est toi, mon havre de paix.

Après une longue distance aux panoramas qui se succédaient, après des centaines et des centaines d'agglomérations traversés sans s'arrêter, après avoir suivi la course du soleil et assisté au lever de la lune, les lumières de Los Angeles les accueillirent à la nuit tombée.

— Bienvenue à la maison ! cria Will, ravi, en s'arrêtant au feu. Bon, les enfants, je vous jette chez moi, en espérant que mon appart soit encore en un seul morceau, et je file au boulot.

— Au travail ! À cette heure-ci ? s'étonna Elena.

— Qu'est-ce que tu crois, ma belle ? Je ne ménage pas ma peine. Il n'est que vingt heures, et j'ai encore du temps devant moi pour évaluer le nombre de conneries qu'a fait Carol en mon absence. Trois heures du mat, c'est l'heure moyenne de mes fins de journée. Tu peux demander à ton Cherokee, c'est l'heure où on le voyait errer dans les rues à la recherche d'un resto ouvert, parce qu'il n'avait pas eu le temps de manger !

D'ailleurs, dans ton pays aux statues géantes, ça pousse dans les champs de pierre, les restos ouverts la nuit ?

Andrew se mit à rire.

— Ça, c'est une damnation ! Rien ! Pas un resto d'ouvert ! Ni même un bar ! Mais j'ai trouvé une parade.

— Laquelle ?

— Je dors, la nuit. Finis les matins avec la tête d'un zombie.

Ils arrivaient dans un quartier résidentiel.

— Aaaaaah ! West Hollywood ! Ça m'avait manqué ! s'écria Will.

Il traversa deux carrefours et s'arrêta au pied d'un petit immeuble de deux étages perdu dans un jardin de verdure luxuriante.

— C'est bon. Tout a l'air calme, et ça tient debout. Bon, les enfants, vous êtes sages en mon absence. Vous ne me déclarez pas de guerres indiennes entre Cheyennes et Cherokees !

Il lança les clefs à Andrew. Elena fronça les sourcils.

— Will, tu te rends compte de ce que tu fais ?

— Quoi ?

— Tu vas au boulot sans chemise à quatre cent cinquante dollars sur le dos ! Tu crois que c'est sérieux ? Tu réalises ?

Il lui fit un signe de la main, pour lui faire comprendre que ça lui passait au-dessus de la tête, et les laissa devant chez lui, avant de repartir vers le centre d'Hollywood. L'ombre d'une seconde, Andrew s'interrogea sur sa destination. Le boulot ? Ou bien allait-il retrouver Sandy ? Après tout, c'était sa vie, et il méritait de la mener comme il l'entendait. Mais Andrew aurait bien parié sur Sandy, car finalement, son pote cachait un grand besoin de tendresse.

Main dans la main, ils marchaient dans les longs couloirs, William sur leurs traces. Une bonne semaine s'était écoulée, et les trois amis avaient retrouvé un peu de sérénité. Entre deux formalités d'assurance et après avoir fait un pèlerinage dans leur quartier, Elena et Andrew avaient enfin pu profiter de la tranquillité. Will, de son côté, avait repris ses anciennes habitudes, mais en réservant une grande amplitude horaire à Sandy. Son escapade avait déclenché un électrochoc en lui. Les bagnoles de luxe, les fringues, le fric ne combleraient jamais cette petite place à prendre au fond de son cœur.

— C'est bon, pas la peine de tracer comme ça. On est large ! À croire que tu es pressé de partir, lança-t-il, en peinant à suivre ses amis.

— Disons que j'aimerais ne pas le louper, cette fois.

— Tu étais le premier à l'enregistrement, alors je crois que c'est bon. On a le temps !

Andrew ralentit son pas et sentit brusquement qu'Elena s'était arrêtée. Surpris, il la considéra, bloquée là, au milieu du passage, comme hypnotisée.

— Qu'est-ce qu'il se passe ? demanda-t-il avec un peu d'inquiétude dans la voix.

Qu'avait-elle vu pour provoquer une telle réaction ? Un fantôme ? Un revenant ? Il craignait le pire.

— Regarde, dit-elle à l'attention d'Andrew.

— Quoi ?

— Ça !

— Et alors ? Je devrais m'extasier sur… ça !

La pression avait subitement quitté Andrew.

— On en fait ? demanda-t-elle, enthousiaste.

— On n'a pas que ça à faire, refusa Andrew.

Elena insista.

— Alleeez ! La porte d'embarquement est même pas indiquée. On a le temps ! Ça va prendre cinq minutes !

Andrew corrigea :

— Huit minutes, c'est marqué là.

— S'il te plaît, s'il te plaît, s'il te plaît, s'il te plaît, s'il te plaît ! trépigna-t-elle.

Il soupira, peu convaincu, mais dut se résoudre à suivre Elena qui l'entraînait dans la petite cabine. Will avait ouvert de grands yeux.

— J'y crois pas ! Deux ados attardés qui se tapent un délire Photomaton dans un aéroport !

Alors qu'ils attendaient que les tirages sortent, Andrew maugréait :

— Qu'est-ce que tu me fais pas faire ? Franchement, pourquoi tu m'as fait faire des photos ?

— En souvenir.

Il secoua la tête, sans comprendre.

— Souvenir de quoi ? Je suis là. Tu m'as devant toi et avec toi.

Elle n'eut qu'un sourire en réponse, s'empara des photos qui venaient de sortir et les regarda. Elle les montra brièvement à Andrew, avant de dire :

— Souvenir pour lui !

Et elle les donna à Will. Ce dernier en fut surpris, mais les prit, touché. Il les contempla et commenta dans un sourire :

— Oui, deux ados attardés ! Surtout toi, mon pote ! Merci, Elena. Mais je ne vous oublierai pas.

— On ne sait jamais… dit-elle, charmeuse.

— B19, annonça Andrew. Porte B19.

— Ce que tu peux être terre à terre, lui reprocha Will. Tu brises une séquence émotion digne d'un film.

— Je suis désolé. Mais c'est la porte B19 !

Will passa un bras sur l'épaule d'Elena.

— Ben, ma grande, côté romantisme, tu ne vas pas rigoler tous les jours.

Ils reprirent leur marche jusqu'à la porte d'embarquement, sans un mot. Ce ne fut qu'au moment où Will ne put les accompagner plus loin qu'Andrew se décida à lui faire ses au revoir.

— Bon, c'est le moment, dit-il à son ami.

— Ne fais pas cette mine affligée, je sais que tu es content.

— Will, je ne te l'ai pas dit, mais… tu n'es pas comme les autres.

— Alléluia ! Tu t'en es rendu compte. Il t'en a fallu du temps !

— Pardon…

— Allez, rentre bien !

Ils se donnèrent une brève accolade, sans s'échanger un mot de plus. Ils n'en avaient pas besoin. Elena l'embrassa sur la joue.

— Will… je… Merci.

— Ce fut un plaisir, ma grande. Tu es sûre de ce que tu fais ?

— Oui, j'en suis sûre.

— Si tu changes d'avis, tu sais où me trouver.

Il lui adressa un clin d'œil.

— Bonne route, Calamity Jane !

— Au revoir, Will. Tu es hors du commun.

— J'espère bien. Bon voyage !

Elle se détacha de lui alors qu'Andrew lui reprenait la main. Ils allaient franchir le portique de sécurité, quand Elena lâcha Andrew et partit se jeter au cou de Will. Il la reçut dans ses bras avec surprise.

— Tu vas me manquer, Will. Tu vas vraiment me manquer.

— Et toi, donc ! La vie va manquer de piment.

— Je te souhaite tout le bonheur du monde.

— Occupe-toi d'abord du tien. Je suis un grand garçon.

— Tu viendras nous voir ?

— Peut-être… si j'ai le temps ! Allez, Miss Catastrophe, file rejoindre ton moai !

Elle regarda Andrew qui l'attendait la main tendue, et l'invitait :

— Tu viens, Mademoiselle Pietrakovitch…

Will souffla à la jeune femme :

— Je crois que tu peux y aller. Il a fait ses preuves.

Elle rejoignit Andrew qui lança au Californien :

— Will, si jamais ça te dit, il y aura toujours de la laine de lama pour toi, dans le tiroir de la commode.

— C'est une attention qui me touche. J'y penserai.

Alors, ils lui tournèrent le dos, passèrent les cordons de sécurité et disparurent. Ils allaient s'envoler… ensemble.

Will soupira, tourna les talons. Il jeta un coup d'œil aux photos et sourit pour lui-même. Il sortit son portable tout neuf de sa poche, le lança en l'air, le rattrapa, hâta le pas, puis se mit à courir dans les couloirs. Il avait rendez-vous avec Sandy.

— Yihaaa! cria-t-il, alors que des passagers se retournaient sur lui.

Quelques heures plus tard, l'avion atterrissait sur la piste du petit aéroport d'Hanga Roa. Les passagers descendaient de l'appareil et traversaient le tarmac pour se déverser dans le hall. Parmi eux, un homme et une femme se tenaient par la main. Leur île les attendait.

FIN

Remerciements

Merci à Audrey, Camille, Alexandra, Nat et Jean.

Crédits

Couverture

Jean Caraglio

Corrections

Camille Salomon

Audrey Moui

Mise en page

Natalie Sieber pour Nats Editions

Distribution

BoD - Books en Demand

Imprimé en Allemagne